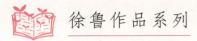

徐鲁作品系列

芦花的飞絮

徐 鲁 | 著

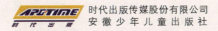

时代出版传媒股份有限公司
安徽少年儿童出版社

图书在版编目（CIP）数据

芦花的飞絮 / 徐鲁著.—合肥:安徽少年儿童出版社,2015.8
(2022.1 重印)
（徐鲁作品系列）
ISBN 978-7-5397-8117-4

Ⅰ.①芦… Ⅱ.①徐 Ⅲ.①散文集-中国-当代Ⅳ.①I267

中国版本图书馆 CIP 数据核字（2015）第 111206 号

XULU ZUOPIN XILIE LUHUA DE FEIXU
徐鲁作品系列·芦花的飞絮   徐 鲁 著

出 版 人:张 堃   策 划:陈明敏   责任编辑:张 怡
责任校对:邬晓燕   责任印制:朱一之
出版发行:时代出版传媒股份有限公司 http://www.press-mart.com
        安徽少年儿童出版社 E-mail:ahse1984@163.com
        新浪官方微博:http://weibo.com/ahsecbs
        （安徽省合肥市翡翠路 1118 号出版传媒广场 邮政编码:230071）
        出版部电话:（0551）63533536（办公室） 63533533（传真）
        （如发现印装质量问题,影响阅读,请与本社出版部联系调换）
印   制:阳谷毕升印务有限公司
开   本:710mm×1000mm   1/16   印张:12.25   插页:4   字数:148 千
版   次:2015 年 8 月第 1 版   2022 年 1 月第 5 次印刷

ISBN 978-7-5397-8117-4   定价:38.00 元

新版自序

　　这本散文集编就之时，正是全国文艺座谈会召开的日子。

　　2014 年 10 月 15 日，习近平总书记在北京召开的文艺座谈会上的讲话，就像吹过祖国大江南北的金色秋风，温煦而浩荡，让我们这些文艺工作者顿感一种秋空爽朗的清明气息，看到了美好的文学艺术所应该拥有的，像秋天的大地一样高远、宽广的前景。

　　习总书记强调说，文学艺术创作是铸造人类灵魂的工程，"追求真善美是文艺的永恒价值"，文学艺术是"美"的事业，一切美好的作品，都能给人们的灵魂带来"洗礼"，应该像蓝天上的阳光、春季里的清风一样，"启迪思想、温润心灵、陶冶人生"。因此，作家、艺术家们应该到广阔的天地间、到火热的生活中去"发现自然的美、生活的美、心灵的美"。习总书记还举出了大量他所热爱的苏俄文学作品为例，告诉我们什么才是真善美的和具有永恒价值的文学。例如，他喜欢普希金的爱情诗和莱蒙托夫的《当代英雄》，喜欢陀思妥耶夫斯基和列夫·托尔斯泰的作品，喜欢肖洛霍夫的《静静的顿河》。他通过仔细的阅读，真切地感受到了普希金写得美，陀思妥耶夫斯基写得深，托尔斯泰写得广，肖洛霍夫则把大时代的变革、人性的复杂写得非常深刻。

我体会到，习总书记是在用一些大家耳熟能详的具体例子，启发我们的作家和艺术家，应该志存高远，努力去写得更美一些、更深一些、更广一些。不然，我们就会永远处在"有数量缺质量、有'高原'缺'高峰'"的尴尬状态。

作为一名儿童文学作家，尤其使我激动和自豪的是，习总书记在和与会的文艺家们交谈的时候，真诚地对儿童文学作家曹文轩说："儿童文学很重要。"是的，儿童文学很重要！我感到，习总书记这是站在祖国、民族和人类的明天与未来的高度上来看待儿童文学的价值和意义的。这也使我联想到不久前我去瑞典访问时所获得的一个强烈的感受：瑞典文化委员会的一位朋友告诉我，瑞典政府十分重视儿童文学，乃至一切与儿童成长有关的文化项目。政府每年用于扶持文学项目的津贴，总会对两个方面的申请予以"优先考虑"，摆在第一优先位置的就是关于儿童与青少年文学和文化权利的项目；其次是关于国家各个地区整体文化发展，尤其是有利于边缘和落后地区文化平衡发展的项目。

我想，习总书记这一句"儿童文学很重要"，也应该引起政府相关部门和文学艺术界的重视。我们应该改变过去那种总是把儿童文学视为"小儿科"的偏见。其实，稍微有点医学常识的人都明白，"小儿科"的地位一点也不比其他各科低、弱。在任何一家医院里，"小儿科"往往会受到更加充分的重视，因为，它是直接关乎我们的孩子安全、健康地成长的大事情。儿童文学也是如此，它是直接关乎孩子们心灵、精神成长的大事情，是直接关乎我们的明天与未来的大事情。

既明于此，能不察之，敢不慎乎？

习总书记在讲话中还特别指出，一部好的作品，应该是把社会效益放在首位，"文艺不能当市场的奴隶，不要沾染了铜臭气"。优秀的文艺作品，最好是既能在思想上、艺术上取得成功，又能在市场上受到欢迎。我体会到，总书记这是在要求我们，自觉地承担起"人类灵魂工程师"的神圣职责，创作出首先能经得起一代代读者的评价、经得起历史的考验，然后又能经得起市场检验的好作品。

在儿童文学界，毋庸讳言，一些作家和作品也难脱当市场的奴隶和沾染了铜臭气的诟病。这是创作与出版越来越商业化、市场化的结果。但是，作为作家，必须为自己设置最鲜明、最敏感的"道德底线"。作家不应该一味去迎合、俯就市场趣味和商业欲望，更不应该被市场和出版商"绑架"而去，变成拉低和弱化儿童文学品质的"合谋者"。真正的作家永远是"人类灵魂的工程师"，有引领、提升市场和社会趣味、大众阅读水准的使命。儿童文学作家更是担负着引领和滋育未成年人的心灵的圣洁使命。甚至可以说，儿童文学的伟大之处，就在于它既是"天使"，又是"圣母"。儿童文学从它诞生之初，就肩负着一个重要的使命：儿童文学是"教育儿童的文学"。这是因为，儿童文学是"教育儿童"的最好、最有效的方式之一。无论是对儿童的心灵成长、文学审美，还是对儿童生活趣味的感染、滋润和引导，它都是最好的教育方式之一。因此，从事儿童文学创作的人，应该比一般的作家更富有慈爱之心和善良之心，更富有神圣的道德感、责任感和使命感。"瞄准星星，总比瞄准树梢要打得高远一些。"作家们要有自律意识，要让自己写得慢一些，写得少一点，写得再精

3

致一些,这样或许可为提升中国儿童文学的整体水准和品质带来一点空间与可能。

苏俄儿童文学界曾有一段名言:"有朝一日,后代的人们会恍然大悟:世界上曾有这样一些人,'狡猾'地把自己称为'儿童文学作家'。表面上看,他们是在写些东西给孩子们看,其实他们是在悄悄地训练一支坚不可摧的'红色近卫军'哪!"我想,这应该也是中国儿童文学作家们的理想和使命。

讲好中国故事,弘扬中国精神,凝聚中国力量;静下心来,精益求精地创作出更多有风骨、有道德、有温度、有美感的优秀作品;为历史存正气,为世人弘美德——这正是习总书记在文艺座谈会上的讲话带给我的最深切、最美好的感受。

徐鲁

目 录 CONTENTS

布谷声声里

就像一支支荷箭一样，
我们这些孩子也在田野间不
知不觉地长大了……

春天的楠竹林

江南三月,细密的雨声中传递着温煦的杏花消息。这时候,应和着天边隐隐滚过的隆隆雷声,青青的楠竹林里也迎来了生机勃勃的爆笋时节。

竹林爆笋,那真是一种激动人心的生命景象!经过了一个漫长冬天的默默积蓄,泥土下的幼笋已经具备了足够的破土而出的力量。伴随着淅沥的春雨,迎着和煦的南风,应和着隆隆的春雷的呼唤,一株株粗壮的幼笋仿佛在瞬间爆发出了一股伟力,奋力拱开了在泥土和腐叶的覆盖下纠结交错的竹鞭,甚至哗的一声就顶开了压在地面上的巨大顽石。像鸡雏顶破蛋壳,像幼蝉冲破蝉蜕,那一株株幼笋是一种静谧的、绿色的生命力的爆发。它们从厚积的枯叶和泥土下脱颖而出,在一瞬间,似乎只有一个念头、一个目标:冲破束缚自己的箨壳,展开翅羽状的枝叶,向上,向上,再向上!——哦,这似乎已经不是在生长,分明更像是在飞翔。

张爱玲曾这样描述茶花:"它不问青红皂白,没有任何预兆,在猝不及防间,整朵整朵任性地鲁莽地不负责任地骨碌碌地就滚了下来,真让人心惊肉跳。"她写的是茶花的凋谢。而我想说的是,在春天

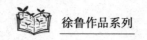

的楠竹林里看爆笋,同样也让人觉得惊心动魄、蔚为壮观。

在八百里洞庭湖边,我见过竹竿上有着紫褐色斑点的斑竹,即传说中的"湘妃竹"。也许是因为传说故事本身的悲情,我觉得这种竹子缺少一种清新和挺拔的朝气。在四川广安乡村,在云遮雾罩的川西坝子一带的农家院落里,我见过一丛丛的慈竹。慈竹虽美,竹竿却过于纤细,只适宜栽植在窗前宅后,装点庭园居所。在云南的少数民族兄弟村寨里,我见过美丽的凤尾竹,又叫观音竹。但凤尾竹只喜欢温暖湿润和半阴的环境,不耐强盛的阳光和风雪严寒,而且株丛密集、竹竿矮小,也只适宜充当低矮的绿篱。在赣南井冈山地区,我也见过满山满岭的毛竹,即老作家袁鹰散文里写到的翠竹。然而,众多品种的竹子里,最让我难忘的,还要数遍布鄂南大地的楠竹。

是的,在竹子的高大、苗壮和挺拔的风采上,也许只有赣南的毛竹能与鄂南的楠竹相媲美。

每年的清明和谷雨时节,是楠竹林里幼株苗壮、老竹吐翠的季节。这时候,走进生机勃发、绿意荡漾的楠竹林,抚摸着青青的、粗壮的竹竿上的新鲜粉霜,仰望着直指青天、高入云端的萧萧竹梢,你才会真正体会到什么叫"吞吐大荒,睥睨寒岁",什么叫"不折不从,坚贞魁伟",什么叫"天地与立,剑叶葳蕤",什么叫"骨节凌云,寸心春晖"。

20 世纪 70 年代,诗人郭小川在鄂南写下了一首脍炙人口的《楠竹歌》。诗人喜爱楠竹,把楠竹比作南方的秀丽少女,赋予了她与众不同的气质和风采:"她的忠贞本性,世世代代不变易:一身光洁,不教尘土染青枝;一派清香,不许歪风留邪气。她永远保持的是——蓬勃朝气！风来雨来，满身飒爽英姿；霜下雪下，照样活跃不息……"诗人对楠竹的自然生命力也了然于胸："一株幼笋出生，半月升高十尺；一月长成大竹，几年就是战士。"这既是抒情，也是写实。楠竹的生长力正是这么旺盛、这么迅猛。

如果拿一株楠竹与一棵树木相比，要长到同样的高度，树木需要 60 年的话，楠竹却只需要 60 天。因此，在中国南方的大地上，青青的楠竹林随处可见。它们不仅是广袤大地上的青葱植被和自然物产，也是大地母亲赐予江南山乡的丰厚的经济资源。

在江南农村里随处可见的竹椅、竹床、竹席和竹毯，农民头上的竹笠、肩上的扁担、手上的提篮，建筑工地上的竹板、脚手架，江河上的竹排，新农村建设中的屋舍栋梁，还有集贸市场上的竹筷、竹帘、竹几、竹杖、竹扇，甚至我们书桌上的竹纸、笔杆、笔筒和各种竹制工艺品……哪一样不是楠竹的奉献呢？

江南多竹。竹子也是历代文人画师尊崇的"四君子"之一。英国著名学者李约瑟博士在深入研究了中国自然和人文科学史之后，甚至认为东亚文明乃"竹子文明"。而在鄂南，无论是在绵延的山冈、起伏的丘陵，还是在被山雀子噪醒的湖畔、被小河环绕的村落，最常见的就是蓬勃旺盛、青翠无边的楠竹林。

一片片楠竹林和四季的风霜雨雪一起，和一簇簇散发着药香的野菊花一起，和那些临冬的苦荞一起，和一道道永远流淌不尽的山泉一起，和山乡人家里飘不散的山歌与炊烟一起，在那幽深而多雾的山谷间，以群体的坚强、蓬勃和进取之心，向生生不息的大自然和人世间呈现着生命的欢乐、清新与美丽，呈现着对乡土的忠贞、依恋

和守望。

春天的楠竹林啊,你带给我们的,不仅是一种无可阻挡的自然力与生命力,还是一种敢于进取、乐观向上的"正能量"。在鄂南,透过阳春三月楠竹林里爆笋的奇观,你还会发现一个来自泥土和自然的生命秘密:成熟的笋与竹,都是金色的。

江南可采莲

夏至一过,满湖满塘的荷花就一边盛开,一边结出高挺的莲蓬来了。这是大地和水的恩赐,是大自然母亲用她灵巧的圣手给我们创造了如此清秀、如此纯洁和风雅的夏日植物,我们怎能不怀有深深的感恩之心呢!

我家住在洞庭湖以北、长江以南,一年四季都蒙受着湖水的润泽。众多的湖泊在荆楚大地上星罗棋布。全省的大小河流有千条之多,一条条水流连通和穿起了上万个常年不涸的大小湖泊。说这里是"千湖之省",其实是有点"低调"了。

"江南可采莲,莲叶何田田。鱼戏莲叶间。鱼戏莲叶东,鱼戏莲叶西,鱼戏莲叶南,鱼戏莲叶北。"

"田田"形容荷叶铺展、生长茂盛的样子。真是不能不敬佩古人精准而又简约的写景咏物的诗才。这首汉乐府,或许只是荷塘里采莲人的信口游戏之作,未必刻意为之,却把夏日江南田野间的生活气息与欢乐场景呈现得如此明朗鲜活,使人仿佛身临其境。这还仅仅是一首民歌呢! 有人说,诗中的前三句,也许是领唱者唱的;"鱼戏莲叶东"以下四句,应该是众人的唱和。我觉得这是有道理的。古代人还喜欢称荷为"莲"。这是因为"莲"与"怜"同音,"怜"就是怜惜、怜爱的意思。南朝乐府《西洲曲》里的几句——"采莲南塘秋,莲花过人头。低头弄莲子,莲子清如水",这其中已有爱莲的文人情调了吧?

每到夏天,我就格外想念乡野阡陌间那些长满绿色荷叶、开着粉色荷花的湖塘,想念那些成群飞叫着的禾花雀和山雀子、散发着清新稻花香的稻田和小村庄。20世纪70年代末,当我还在少年时代时,曾经跟随家人从北方去鄂南农村生活了好几年。那里属于湖区,一入夏天,田野间的池塘里就开满了荷花。不久,荷花谢了,一枝枝莲蓬就高高地挺了出来。这时候,我们这些乡村少年的"狂欢节"就到来了:头上倒扣着硕大的荷叶,划着自己扎的简易小竹筏,水性好的就直接在荷叶中间钻来钻去……干什么呢?当然是去采摘莲蓬啦!

小小的、温暖的池塘就是我们的水上乐园。碧绿的荷伞为我们遮阴;夏日的大雷雨会洗刷掉我们满身的汗水和泥土;池塘里不算太多的莲蓬喂养着我们,让我们度过了当时许多饥饿的日子。温暖的池塘像妈妈的胸怀一样,佑护、爱抚着我们正在发育的身体。水波轻轻地摇晃,轻轻地颠簸。满塘的清水就像一面镜子,照出我们的影子。就像一支支荷箭一样,我们这些孩子也在田野间不知不觉地长大了……

鄂南地处吴头楚尾,方言里犹带吴音,所以后来读辛弃疾那首《清平乐·村居》,我感到格外亲切。"茅檐低小,溪上青青草。醉里吴音相媚好,白发谁家翁媪。大儿锄豆溪东,中儿正织鸡笼。最喜小儿无赖,溪头卧剥莲蓬。"还有那首《西江月·夜行黄沙道中》里的句子:

"稻花香里说丰年,听取蛙声一片。"辛弃疾这两首词,都写于他贬居江西信州(今上饶市)之时。上饶离鄂南不远,词中所写的情景也正是我对鄂南夏日乡间生活的美好记忆。

成年后离开了农村,长期居住在闹市里,夏日乡间的荷塘嬉戏早已变成了远去的童年美梦。"采莲南塘秋"对我来说——不,对很多生活在城市的忙忙碌碌的人来说,都无异于一种奢侈了。也因此,也许有不少爱荷的人只能在城市的静夜里,一遍遍地低声念诵朱自清先生的那篇散文名作《荷塘月色》,借以抚慰自己对荷花与湖水的怀想和向往,寄托自己高洁难泯的爱莲之意了。

也算生活的厚爱吧,虽然居住在城市里,但我的生活和工作环境却一直与湖水有缘。家住武昌东湖边,我几乎天天会去湖边散步。夏日里,虽看不出田间荷塘的风致,毕竟还能看到生长在大湖边缘的一处处绿荷,闻得见夏风吹过来的荷花清香。

在东湖磨山脚下,有一个著名的东湖荷园,这是中国荷花研究中心的所在地。荷园总面积有四万平方米,里面除了有中国水生植物学家们自己培植的各种珍稀名荷,还有其他一些水生植物的种植区。据说,酷爱荷花的老艺术家黄永玉先生自己开辟了一个"万荷塘"。我想,他的"万荷"应该是指植株数量,而不是荷花品种。中国荷花研究中心的百亩荷园里,有近800种珍品菱荷,光是睡莲就有40多个品种。用"接天莲叶无穷碧,映日荷花别样红"这两句诗来形容万荷竞放、争奇斗艳的东湖荷园,真是再恰当不过了。

每当夏至一过,本地市民和外地游客来游东湖时,都可以近距离地欣赏那些难得一见、有若惊鸿一瞥般的珍品荷花,例如花瓣

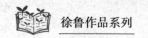

多达上千片的"千瓣莲",花朵娇小玲珑的"小天使",珍稀罕见的粉黄色荷花"黄鹂"和"胜金雀"。还有一些荷花品种,光听名字就知道并非凡品了:"醉东风""钗头凤""露华浓""红灯照"……

我想,这么多珍品荷花的诞生与盛开,固然有中国水生植物学家、花卉学家的奇思妙想和辛勤培植之功,但同时不也是拜大自然母亲所赐、拜大地和湖水所赐吗?

有一万个湖泊,夏天时就会有一万湖荷花盛开。清亮的湖水映照着蓝天白云,碧绿的荷叶、粉红和粉白色的荷花、青嫩的莲蓬,在夏风中轻轻摇曳,向远处传送着清新的菱荷芬芳,许多湖面上还有白帆点点、渔歌声声,不远处是一片片将要成熟的稻田……哦,请想象一下吧,这就是我们的江南,江南乡村的夏天。

采莲南塘秋

吟诵莲花的诗词，我最喜爱的是那首南朝乐府《西洲曲》："采莲南塘秋，莲花过人头。低头弄莲子，莲子清如水。……"

前年，我的办公室搬到了武昌沙湖边。我站在十四楼的窗口，远远地就能看见满湖翠绿的荷叶。今年夏至刚过，我去沙湖边散步时，竟意外地欣赏到了特别珍稀的并蒂莲和三蒂莲。其中，有两株并蒂莲已结出了并蒂莲蓬。并蒂莲已经是可遇不可求的了，三蒂莲无疑更是水生花卉中的奇光异彩了！

我向管理沙湖名荷的一位老伯请教："这里为什么会有并蒂莲和三蒂莲？"老伯告诉我："这可是咱们中国权威的荷花专家、年逾八旬的王其超、张行言夫妇俩种植出来的稀世宝贝哦！"

原来，这三株并蒂莲和唯一的一株三蒂莲是老夫妇俩从他们种植和培育的一万多盆荷花中挑选出来的。老夫妇俩从 20 世纪 80 年代就开始试验，多次用并蒂莲结的莲子育种，试图培育出专开并蒂莲的荷花新品种，但一直没能成功。最终他们发现，并蒂莲的基因不能遗传给下一代，并蒂莲和三蒂莲都无法人工培育，只能是偶然现象，就像人类自然孕育出双胞胎、多胞胎一样。

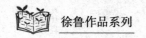

老伯又告诉我,前几年,在北方的大庆,在南方的中山,也出现过两株三蒂莲。不用说,这一定也是那对年老的荷花专家夫妇说给他听的。

荷花的花期一般都在六月至九月。我国历史上虽有"寒荷"的说法,却大致都出于文人墨客"留得残荷听雨声"之类的联想,好像无人真的见过荷花在冬日开放。我想起了这个问题,就问老伯:"荷花到底能不能在冬天里开放呢?"

"荷花可是君子之花,娇贵着呢!最好不要用手去触摸花苞。"老伯似乎答非所问。不一会儿,他放下手里的活计,接着说道:"哦,你问这个事儿嘛,算是问对人了!"他告诉我,正是王其超、张行言这对老夫妇,在十几年前,用朋友赠送给他们的十粒台湾莲子,成功培育出了可在冬日开放的荷花品种。

"你不是去过东湖荷园吗?那里面有两个冬荷品种,就是从王其超、张行言老夫妇这里引过去的。说出来人们也许不会相信,那两个荷花品种的花可以从每年六月一直开到十一月下旬。"

"原来真的有寒荷、冬荷啊!"我有点惊讶了。

谁人不爱荷花?古文里有周敦颐的一篇《爱莲说》,白话文里有朱自清的一篇《荷塘月色》,已是写尽了荷的高洁、清秀与淡雅。连一向擅长抒写浪漫与豪放诗句的大诗人李白,也写过清新婉转的咏荷短歌:"涉江弄秋水,爱此荷花鲜。攀荷弄其珠,荡漾不成圆。"还有韩愈的"从今有雨君须记,来听萧萧打叶声",宋代诗人黄庚的"池塘一段枯荣事,都被沙鸥冷眼看"……那都是唯有"出淤泥而不染,濯清涟而不妖,中通外直,不蔓不枝,香远益清"的荷花才配得上的千古名句。

　　"采莲南塘秋,莲花过人头……"

　　此刻我在想,盛开的荷花,把满湖满塘的高洁、清新和雅致奉献给了我们,也把荷叶、荷花、莲蓬、藕根、藕带的清甜、清芬和清苦奉献给了我们,我们该拿怎样一方纯洁、干净、没有污染的好水土去回报荷花的恩情呢? 要知道,没有一方好水土,哪来的"莲花过人头",哪来的"莲子清如水"?

小宝的泼水节

小宝九岁了，还从来没有坐过火车。

那片一眼望不到边的黄土高原就是小宝的家，是小宝和他的爷爷奶奶，还有他的小羊，一起生活的地方。

像爷爷一样，小宝头上也缠着白羊肚毛巾。小宝每天都到山坡上去放羊。他怀里抱着的这只小羊名叫小黑。

"小黑，你要快快长大哦！长大了，我们一起坐火车去找爸爸妈妈。喊里喀拉，喊里喀拉，呜——"小宝学着火车叫的声音。可是，小黑听不懂他在说什么。"咩——咩——"小黑只会这样叫。

高原上一年四季缺少雨水，好多小草和小树都枯死了。小宝和羊群每天要走很远很远的路，才能找到一小块有青草的山坡。

多么干旱的天气啊！小宝抱着小黑，望着天空说："雨啊，快点下来吧！云彩啊，能不能停一停？"

小宝的爸爸和妈妈都在很远很远的南方打工。一天，邮递员叔叔给小宝家送来一封信。这是小宝爸爸妈妈的来信！信上说：

　　小宝，你好吗？爷爷奶奶身体好吗？小黑长大一点了吗？

夏天快要到了,再过几天,就是这里的泼水节了。

爸爸妈妈好想小宝啊！如果你一个人敢坐火车,爸爸妈妈真希望你来过泼水节呀！

坐火车,过泼水节,当然,最最重要的是,能和爸爸妈妈在一起……想到这些,小宝高兴得睡不着觉。

"唉,小宝还这么小,让他一个人去坐火车,我怎么放心得下！"奶奶正在给小宝补衣服。

"奶奶,放心吧,我什么都不怕！"小宝说。

"我倒是听说,有小孩子出远门时,可以拜托列车员一路上照顾照顾。"爷爷抽着烟袋,寻思着主意。

"爷爷,那我带上小黑一起去坐火车,好不好？小黑也从来没有坐过火车！"

"想得真美！哪有羊娃娃坐火车的?再说啦,羊娃娃坐火车,多少钱一张车票?"

不过,爷爷就是有办法！他找到列车长,请他把小宝送到小宝的爸爸妈妈那里。

"先生,拜托了,这两个小家伙都是头一次坐火车,头一次出远门。"

"可是我们有规定,小羊不能坐火车呢。"

这时候,一位漂亮的列车员姐姐为小宝求情说:"列车长,请您答应他们吧。我把小羊藏进我的值班室里,保证不让它进入乘

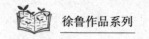

客车厢。"

最后,列车长"违规"批准了小宝爷爷的请求。

于是,小宝抱着小黑,和爷爷说了"再见",高兴地上了火车。

"小朋友,小羊就交给姐姐啦!嘻嘻,我好喜欢这个可爱的小家伙哦!"

"姐姐,别忘了给小黑喂青草哦。"小宝把青草篮子交给了列车员姐姐。

小宝又抚摸了一下小羊,说:"小黑,火车就要开动了,你要乖一点哦!"

长长的火车载着小宝和小黑,向着南方,向着小宝的爸爸妈妈工作的地方,开去……

火车驶过了宽阔的黄河……

火车奔驰在辽阔的平原……

火车驶过了美丽的长江……

火车奔驰在青青的山谷里……

"哐啷哐啷,哐啷哐啷,呜——"火车的叫声和小宝以前想的不太一样呢!隔着车窗玻璃,小宝看到窗外不时闪过一棵棵大树……

大树挥舞着手臂,好像在欢迎小宝:

"小宝,你好……"

"小宝,你好……"

火车好像也在一边奔跑,一边向路过的地方问好:

"你好,森林……"

"你好,田野……"

"你好,山谷……"

"你好,村庄……"

列车员姐姐领着小宝来看小黑。小黑真的很乖,正在乖乖地吃着青草。小宝抚摸着小黑,说:"小黑,坐火车很舒服吧? 我们快要见到爸爸妈妈了! 到时候我带你去过泼水节哦! "

到站了,火车缓缓地停在站台上。

"小宝——小宝——"只见爸爸妈妈大步奔过来。

小宝抱着小黑,和列车长、列车员姐姐说"再见"。列车员姐姐给小宝提来了小篮子。

"小朋友,明天就是泼水节了,祝你和小黑玩得开心哦! "

到了爸爸妈妈租住的地方,爸爸给小宝摘下了头上的白羊肚毛巾,妈妈给他换上了崭新的傣族头帕和衣裳。

哇,小宝顿时变成了一个傣族小朋友!

爸爸在小黑的脖子上戴上了一串银制的小铃铛,说:"小黑,到了这里,你也是傣家尊贵的客人哦! "

云南的泼水节真是一个热闹的节日啊!

人们排着队,敲着芒锣和象脚鼓,从四面八方赶来。人人都穿着过节时才穿的漂亮衣裳。凤凰花花瓣撒在地上,好像铺上了红地毯。芭蕉树下,有人跳起了快乐的依拉贺舞;凤尾竹边,有人跳起了美丽的孔雀舞……

小宝提着装满清水的小桶,来到人群里。有的傣族小朋友端着盛水的脸盆,有的傣族小朋友抱着盛水的瓶子。

那么,小黑在哪里呢? 哦,小黑正在小宝爸爸的怀抱里。

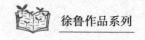

开始泼水了……

清清的水,泼呀,洒呀!大家用竹叶、树枝蘸着清水,你泼我一下,我泼你一下……不一会儿,每个人身上都湿漉漉的啦!

小宝身上也湿漉漉的了。他笑得好开心啊!他跑到爸爸妈妈身边,也往爸爸妈妈和小黑身上泼洒着清水。

"依拉贺,水水水!"

"依拉贺,水水水!"

大家一边泼水,一边欢呼。每一个傣族人都知道,干净的水代表着纯洁和美好的祝福。世界上有了水,万物才能生长。泼水节是傣族人欢乐的春节,也是傣族人的"感恩节"。

"小黑,要是我们那里也有这么多水,该有多好啊!"小宝的头帕和衣服上闪着亮晶晶的水花,小黑的身上也闪着亮晶晶的水花。

"小黑,明年泼水节,我们带着爷爷奶奶一起来,好吗?"小宝悄悄地对小黑说。

编 钟 小 队

　　古老而美丽的长江从格拉丹冬雪山上奔腾而下，一路上穿过了无数的峡谷和平原，也经过了数不清的城镇和村庄。长江，就像我们的母亲一样，用她那饱满而甘甜的乳汁，滋育着两岸的花草树木和子子孙孙的生命与梦想。

　　春天的时候，我来到长江边的一座小城。现在我要来介绍一群住在长江边的孩子，一个专门演奏编钟、编磬等古乐器的楚乐编钟小队。

　　多么美妙动听的音乐声，多么奇特的乐器啊！

　　告诉你吧，这些编钟和编磬可不是在湖北随县出土的战国时期的曾侯乙编钟，而是在这些孩子的家乡武穴市出土的春秋时期的编钟。据音乐考古学家考证，它们比战国时期的曾侯乙编钟还要早两百多年呢。后来，经过音乐家和古乐器研究专家们的细心试验和仿制，便有了这套可供小队演奏的两层式的、音域有两个半八度的编钟和编磬。

　　千年前的古乐器重奏出了美妙的新声。古代楚国劳动人民聪明才智的结晶，今天在这一代长江孩子的手上再一次发出了灿烂的光

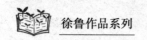

芒和美妙的回声……

对了，像这样把古代的楚乐教学引进课堂，在全国的中小学里，还是第一次呢！

难怪他们一演奏起这些美妙的乐器来，个个都是那么兴奋和自豪！他们知道，数千年前的祖先们所创造的文明与艺术，正在他们的手上发扬光大。

山上小学是一所坐落在半山腰上的山村小学。每年映山红盛开的时候，编钟小队都要到山上小学去为那儿的同学们演出一次。因为，山上小学的同学们也是长江的孩子，他们的生活里也需要音乐、舞蹈和歌声。

当然，山上小学有时也派演出小队到山下的校园来演出，给城市里的孩子送来更加质朴和动听的乡音和山歌。

去山上小学，得走一段水路。每次去山上小学，孩子们都觉得无比兴奋和快乐，好像在参加春游和野营一样。也只有像这样航行在长江上，他们才觉得他们和长江母亲贴得更紧了，滔滔的长江正从他们的心灵里流过。

山上小学的校长告诉我，对编钟小队的到来，他们盼了很多天了。这座小学的学生是由附近好几个村庄的孩子组成的，这段日子里他们几乎天天都跑来询问："编钟小队快来了吗？"

一到山上小学，小队员们就抓紧时间化装，换演出服。这时候，墙边站满了老乡，高高的老树杈上也坐着孩子，连抱着小宝宝的老奶奶也来看演出了。

他们的演出总是在一阵阵欢快的笑声和热烈的掌声里结束。

每一次演出结束，他们都觉得他们和山上小学同学们的心贴得更紧了。

吃午饭时，城市的同学们快活地吃着农家饭，并且把带来的面包、矿泉水等送给山上小学的小伙伴们，有的小队员还不无炫耀地教山上小学的孩子敲打乐器、吹奏乐器，给他们讲述编钟乐舞的故事。

太阳就要落山了，晚霞映红了山冈……

小队员们背好乐器，和山上小学的孩子们挥手告别。山上小学的师生们在山道上依依送行。

看得出，小队员们是舍不得离开的。不过，明年这个时候——不，也许今年下半年，他们还会到山上小学来的。

春天走了，还有秋天会悄悄来到；就像美丽的长江，总是日夜不停地向前奔流。

编钟小队给山上的同学们送去了音乐、歌舞、友谊和爱心，他们也从山上带回了启示、希望和力量。山上小学的伙伴们的艰苦、朴实、期待，都使编钟小队的队员们深深觉得，应该加倍地珍惜他们优越的生活环境和学习条件，把编钟小队的音乐之声演奏得更加精彩和响亮，让它从自己的家乡传到更远更远的地方。

大江日夜流淌，把每个人的希望和梦想带向远方。

他们在长江边生活着、学习着、成长着。今天，他们都是长江的孩子；明天，他们就会成为长江的主人。

到那时候，我相信，美妙的楚乐编钟、编磬将在他们手上演奏得更加美妙、更加精彩；而且，到那时候，编钟小队的故事还会更新、更多。

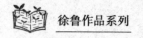

采茶鹧鸪天

早春二月,在被山雀子噪醒的江南山乡,到处可以听见布谷鸟的呼唤、鹧鸪的啼鸣、竹鸡的呢喃。在迫不及待地想要早早醒来的杏林深处,在一抹雨烟的村前屋后,在嫩芽吐露的青青茶山上,在一夜春雨过后遍地爆笋的楠竹林中,温润的春天早已到来,让沉睡了一个冬天的土地松动了,让干硬的树枝变软了,让泥土下细小的草根绽出了细白的芽苞……

二月天是鹧鸪天。在布谷鸟和鹧鸪的呼唤声里,我回到了三十年前工作过的地方,地处湘鄂赣交界的鄂南边城阳新县。那时候,我在县文化馆当群众文化辅导员,主要的工作就是走遍山乡,收集和整理鄂南民间歌谣和民间故事,记录和整理一些流传在山乡的民间小戏的戏本。

这里的戏曲叫采茶戏,与赣南采茶戏同宗同源,都是由山乡儿女们在采茶、栽秧劳动中的唱歌自娱、彼此唱和渐渐演化而来的。每年阳春二三月,嫩茶吐绿,年轻人就三五成群上山采茶。茶林深处便有了你唱我应,山歌互答。这是一种清新、朴素的劳动之歌和乡土之歌,唱本和曲调里都散发着山茶花和泥土的芬芳,表达着山乡儿女们诙谐乐观的生活态度和人情怡怡的美好心地。那些年，我在这里结识了许多采茶戏"名角"，他们中有的人从来没有走出过鄂南山乡，而为乡亲们演了一辈子采茶戏。如今我还清晰地记得一些采茶戏老演员的名字：演老旦的向东桂；演丑角的崔小牛、万幸福；演青衣的柯春莲；演小生的程国华；本是女儿身，却总是反串饰演小生的白瑛；还有当时只是跟着小剧团学学戏、当当群众演员，如今却已成为新一代采茶戏青衣主演的费丽君……

我还记得，当时经常带着我爬山越岭、穿林过河，到各个山村去看戏、收集戏本的一个农家少女，名叫肖冬云。她当时只有十七八岁，却已是山乡里远近闻名、甚受乡亲们尊重和爱护的一名采茶戏辅导员了。她会排戏，会给山村的男女演员化装，还会记录和整理唱本。她一年四季都行走在各个偏僻的村子和小塆里，吃的是乡亲们招待她的"百家饭"，背得出十几台采茶戏的小戏本……至今想起她来，我仍然从心底里感到深深的敬佩。

眼下正是农人们犁水田的时节。"从省城里来的啵？好啊，来这里接接地气，好啊！"一位犁田的老人热情地向我打招呼。

这里的方言里还保存着许多古雅的字音。例如，把玩耍称为"戏"，把穿衣称为"着衣"，把给客人添加酒水称为"斟酒"；甚至称"你"为"乃"，称"我"为"阿"或"吾"，称"他"为"其"，把树叶叫作"木叶"。这里的农人们在犁田或插田的时候，还会演唱一种有趣的插田歌，名字叫"落田响"。落田响也是采茶调的源头之一，是由十七支号子组成的一部完整的田歌，老一辈农人会按照号子的顺序唱，早晨下田唱《走下田》《海棠花》《怀秧》《放牛》，上午下田唱《赶王鹰》《打花歌》《挖百合》《割猫》和《采茶》，下午下田又唱《谢茶》《消条》《喊福》《收牛》《游船》等。通常会由一位演唱技巧比较高超、在村子里有些声望的插田能手，作为率领大伙合唱的人，大家都尊称他为"歌师"。当歌师唱："太阳出山（罗火火），（罗）支（罗）花（哦火火火火火火火火火火）……"大家便齐声接唱："海棠花（罗火火火火花耶）！"

外地人来到这里，如果仔细倾听和分辨他们所唱的歌词，就勉强能够听出大致的意思。他们用当地古老的方言土语，自由而快乐地唱下去，那极为麻利的踩田、栽秧的动作，正好合着"罗火火火火"的节奏。他们直起腰来再唱时，就把那当作一次短暂的休息的机会。

长长的一支号子唱完了，一片水田也就插完了。这时候，从村头挑秧过来的女孩子们也会亮开嗓子，接着田间的号子，唱出她们的喝彩词，为那些能干的小伙子喝彩鼓劲："福矣（嗨）！秧苗冲禾（哇嗨）！秧苗开张（哇嗨）！"喝彩词里充满了吉庆和感恩的意思。

等到插完了另一片水田，小伙子们唱完了另一支号子，她们还会接着喝彩。小伙子们受到了她们的恭维和鼓舞，又来了更多的力气。这些插田的年轻人啊，只要村里的女孩子们高兴和平安，他们就是再苦再累也是幸福的啊！

可惜的是，现在，村里的年轻人都到城里做工寻找未来去了，留在村里的年轻人不多了。我问眼前的老者："老爹，现在你们犁田，怎么不唱'落田响'了？"老爹笑笑说："做田的人少了，唱不起来了。"我又问："现在的年轻人还会唱不？"老爹叹了口气说："有星不能照月，难为煞了。"这意思我听懂了：歌都在，人却恐怕都不会唱了。

说实在的，我很怀念当年经常见到的那种劳动场面：年轻的山

24

乡儿女们在早春的水田里欢笑着、忙碌着，特别是那些小伙子，只要有女孩子们在他们身边，他们的秧苗就插得又快又直，田歌也唱得更加响亮。我知道，这是属于他们自己的乡土文化，是他们视为最平常又最宝贵的东西。他们的秧田和他们的力量原本是分散开的，有时为了享受这份先人们留下来的热闹与欢愉，他们会不时地自行组合起来，进行一两天大场面的劳作。他们从中感到陶醉，感到生活带给他们的欢乐和幸福。这是一旦离开了自己的土地和家乡就永远也得不到的欢乐啊！他们可以在这种劳作和歌唱中忘掉一切的不愉快，包括邻里之间偶尔的争吵和恩怨，甚至命运的那些悲苦和艰辛。

三十多年后，我重返这里，就像重新回到久违的故乡一样。我想起郑愁予的诗句："我打江南走过，那等在季节里的容颜如莲花的开落……"我想好好看看自己年轻时工作过和热爱过的地方，我想好好听听那久违的鹧鸪声和采茶歌。

这样想着的时候，当年我采过春茶、听过山歌的那座青青茶山，已在眼前了。鹧鸪声声，从这座山传到那座山，每一声都是那么婉转，那么缠绵，又那么清亮。河流在古老的山谷间回响。布谷鸟和山雀子欢叫着飞过晴和的天空。静静的小池塘里倒映着秀丽的枫树、樟树和乌桕树的影子。腐叶铺成的山路上和田埂上，是野猪们走后留下的串串蹄窝。每一个小小的蹄窝里，都有一团安静清亮的积水。抱窝的竹鸡、斑鸠和野鸽子，也在远处的灌木林和竹林里，咕咕地啼唤着同伴，叫声里充满了温情。

我想起屠格涅夫所说的"乡村永恒"和"只有在乡村才能写得

好"的话来。是啊,早春二月,山乡的宁静与祥和,一分勤恳一分收获的踏实与富足……对于他们来说,那些忙忙碌碌的城里人所孜孜追求的一切,又算得了什么呢?

细雨中的沙湾镇

诗人郭沫若的长兄名叫郭开文,喜欢画画,也喜欢篆刻。他有一枚闲章,刻着"家在峨眉画里"六个字,郭沫若七岁的时候就牢牢地记住了长兄刻的这句话。在后来漫长的一生中,无论走到哪里,郭沫若都为故乡乐山的这方画山绣水感到自豪。

乐山,从北周时起就被称为嘉州,取"郡土嘉美"之意;隋朝大业二年(606 年)改叫眉州;到了唐朝,复称嘉州,统辖着今天的乐山、峨眉等地。宋朝以后,一直到明朝,又改为嘉定州。清雍正十二年(1734 年),嘉定州升为嘉定府,府下的龙游县改名为乐山县,因城西南五里处有一座至乐山而有此名。此后,乐山这个地名一直沿用至今。

郭沫若故里沙湾镇,位于乐山市西南边,离市区约三十八公里。这是一个依山傍水的灵秀小镇。小镇背靠着峨眉山第二峰——绥山,面朝滚滚的大渡河,下傍清清的青衣江,还有一条名叫茶溪的小河从小镇蜿蜒而过,滋育着生活在这里的每一户人家。

为什么叫沙湾呢?原来,波涛汹涌的大渡河从西南边流到绥山脚下,忽然转出了一个大水湾,折向东北方向,奔流而去,所以人们

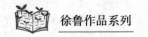

就把这里叫沙湾。大渡河与青衣江在沙湾附近汇合后，不舍昼夜，又奔向了辽阔的岷江，而乐山市就坐落在三江汇流的近岸。

江声浩荡，生命不息。奔腾的流水润泽着两岸青翠的草木和繁盛的生命，也赋予生活在这里的一代代儿女更多的灵秀、智慧和梦想。

光绪十八年（1892 年）冬月十六日，郭沫若出生在沙湾镇上一座有着三十六间房屋的三进式四合院里。从当时小镇的生活气象看，这是一个中等偏上的富裕家庭。据说，他的母亲怀上他时，曾梦见一只豹子突然咬住了她的虎口，所以，郭沫若出生后，乳名就叫文豹。这个名字很有气势，后来的事实证明，这个乳名还真富有预见意味。发蒙后，郭沫若有了一个学名叫郭开贞，号尚武。他后来果然在北伐战争中有过一段戎马生涯。"沫若"二字是他后来起的笔名，源自他家乡的两条河流——大渡河、青衣江，这两条河在古时候分别称为沫水、若水。

郭沫若是大渡河和青衣江的儿子。他说过，他的生命也像大渡河的流水一样，一直在崇山峻岭中迂回曲折地奔流着。他从很小的时候起就幻想自己也能像奔向远方的河流那样，冲出四川盆地，离开自己深井般的家，出去过一种自由的生活。"只要一出了夔门，我便要乘风破浪！"他在自传里这样写道。

初夏时节，我们一行人应作家阿来先生邀请，前往乐山、眉山一带"看四川"。到沙湾的当天，诗人、历史小说家熊召政先生就给我念诵了他写的一首《沙湾镇郭沫若旧居》："自古书生多忧患，拼将热血洗铜陀。不教岁月山中老，岂肯心针石上磨。粉墨春秋悲释老，浮沉人事忆东坡。莫言天地今非昔，沫水滔滔唱九歌。"召政兄对诞生过苏轼、郭沫若这等大才子的乐山、眉山一带，尤为心仪，短短数年间，曾经"三访嘉州"。苏轼后来被贬至湖北黄州当团练副使，黄州正是召政兄的老家，所以，召政兄又有"此心只在嘉州黄州之间"之言。

一条南北走向的直街穿过古朴的沙湾镇。街道两旁是摆着山货、竹器、小吃的小卖铺。郭沫若故居就在这条主街道的偏北处，坐北朝南，是一座比较典型的、有着青砖黛瓦的川西大户民居风格的老宅子。

据说，这座老宅始建于清朝嘉庆年间，原本是镇子上以经营药材、土特产和酒米油盐闻名的"郭鸣兴达号"的一间临街铺面。到了郭沫若父亲郭朝沛手上时，家道中兴，遂扩建为一座有三十六间厢房的三进式四合院落。当时的沙湾镇已有二百来户人家。

穿过前厅，是一个小天井。房屋檐柱不高，但各个厢房分布均匀有序。院子后花园里，有郭沫若四五岁时发蒙受教的绥山山馆。为小沫若发蒙的先生叫沈焕章，是当时四川犍为县的一位廪生，学问颇好。郭的父亲把他请到沙湾，在家中办起私塾，教孩子们念书。郭沫若和他的大哥，还有伯父家的几个堂兄弟，都是这位老廪生教出来的。

1904 年冬天的一个清晨，十来岁的郭沫若站在这里，临窗远眺峨眉山头的积雪，心里闪过兄长写的"家在峨眉画里"六个字，于是挥笔写下了一首七言诗："早起临轩满望愁，小园寒雀声啁啾。无端一夜风和雪，忍使峨眉白了头。"这是他童年时代留下的为数不多的诗篇之一，从中可见少年才子发扬的端倪。

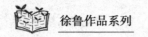

另有一首《村居即景》的五言律诗,也是写于他十岁左右:"闲居无所事,散步宅前田。屋角炊烟起,山腰浓雾眠。牧童横竹笛,村媪卖花钿。野鸟相呼急,双双浴水边。"花钿,就是花朵形状的银首饰之类。这首诗写得清新隽永,透露出小小少年对家乡景色的迷恋和热爱。

郭沫若的少年诗才,当然得之于他的天资聪颖、心地灵秀,同时也与他的母亲有关。他的母亲名杜邀贞,出身于破落的地方官家,十五岁时从乐山杜家场嫁到沙湾镇郭家,相夫教子,为人贤淑;缝制刺绣,心灵手巧。郭沫若两三岁时,她就教会儿子背诵了很多诗歌,其中有一首,郭沫若成年之后仍然记得:"淡淡长江水,悠悠远客情。落花相与恨,到地亦有声。"母亲还会画荷花,郭沫若有一次说她画的荷叶纹路不对,母亲说:"我是全凭自己想出来的,哪里能和你们有什么画谱、画帖比呢?"

郭沫若后来回忆说:"成年后,我之所以倾向于诗歌和文艺,首先给予了我决定影响的就是我的母亲。"从他早期写的家书里也能感觉到,他对自己母亲的感情很深。1914年他东渡扶桑求学,在写回沙湾的第一封信上,他就这样向母亲保证:"男前在国中,毫未尝过辛苦,致怠惰成性,几有不可救药之慨;男自今以后,当痛自刷新,力求实际学业成就,虽苦犹甘,下自问心无愧,上足报我父母天高地厚之恩于万一,而答诸兄长之培海之勤,所矢志盟心日夕自励者也。"

1905年,十三岁的郭沫若告别了沙湾镇,坐着一只小木船,在滔滔的大渡河上顺流而下,去往乐山县城,报考当时新办的高等小学。此一去也,沙湾镇一直要等到三十多年后才能再见到这个胸怀大志的川西子弟。其时已是1939年,正值中国全面抗战时期,郭沫若已经四十六岁,因老父仙逝,他回乡料理后事,才重返沙湾。郭父治丧时,蒋介石、毛泽东等国共政要及各界名流均有挽幛挽联致唁。郭父哀荣之隆,也显示出郭沫若当时备受推崇的声望。这些国共政要及各界名流的挽幛致唁图片和文字说明,在沙湾镇故居都有保存和展示。

在故居里,还有这样一个细节:郭沫若带着夫人于立群回乡时住的那个卧室,只是一间偏房。讲解者说,这位夫人不是原配,按照规矩不能住在正房。那间正房,是郭沫若的原配张琼华住的。郭沫若的原配张琼华在郭沫若离开老家近七十年间,始终留在郭家,操持家务,侍奉公婆,直至 1980 年去世。

这是一位在郭沫若巨大的名声里默默生活了一辈子的女性。郭的名声对她来说,不是什么荣耀,而是毕生的阴影。大渡河和青衣江的流水,日夜拍打着沙湾镇的护岸,呜咽低回,就像是这位可怜的女性在漫长而孤独的、近乎被遗弃的岁月里,幽幽的、无尽的叹息和絮语……

在故居里院的后墙上,悬挂着一块"汾阳世第"的匾额。熟谙历史掌故的熊召政兄给我介绍说,郭氏先世,可追溯到唐代开国功臣郭子仪,所以,后来许多郭姓人家都自称是郭子仪"郭汾阳"的后人。

大江滔滔,小河涓涓。绥山毓秀,沫水钟灵。秀雅的山水培育出了一代盖世文豪。我来拜谒沙湾镇时,正逢绵绵细雨。那么,细雨中的沙湾镇,你可还在怀念一百多年前穿行在你的小巷里、奔跑在你的小街上的那个乳名叫文豹的少年?

布谷声声里

布谷声声，桃花灼灼。二妃山下的春天，总是比别处来得更早。从全国各地来到这片被称为"中国硅谷"的现代产业城里创业的年轻人，用坚实的脚步、豪迈的激情，追赶着年年的时令和季节。

在这里工作的人，常常被称为"抢在时间前头的人"。这座年轻的、充满青春气息的产业城，是一座属于年轻人的创业和筑梦之城。在这里，你似乎感受不到什么闲情逸致，更没有古代诗人所乐于沉湎的春愁秋怨。一些成功人士津津乐道的所谓慢生活，对于这里的人们来说也是无缘的，或者说，那近乎一种奢侈病。这里的春天带给人们的永远是蓬勃的生气，是新的梦想和新的希望，是润物细无声的杏花春雨，是花朵绽放的声音和种子萌发的机缘。

每年的这个时节，当江南大地上有一些地方乍暖还寒、残雪未消时，二妃山下已经桃红柳绿、兰叶葳蕤了。

莫道春来早，更有早行人。报花消息是春风，未见先教何处红。我来到这里，仿佛是在寻觅春天。几位从海外回来的年轻海归自豪地告诉我说，他们属于入驻这里的第一批创业者，来这里已经四年，亲历了这里梦幻传奇般的工作和生活节奏。

"您知道吗？有一位大领导——"这位年轻人怕我不明白，特意强调了一下，说，"哦，您应该明白我说的是哪位领导吧？看到这里的热闹景象，看到这么多科研机构、各路人才、年轻的企业聚集在这里，竟然用了'异常振奋'四个字来表达他的感受呢！他说，现在正是这个产业的春天，也是这座产业大城的春天，是播种的季节。他相信，有了美丽的春天，金色的秋天就一定会到来的。是什么时候呢？秋天不是在今年，也不是在明年，应该是在十到十五年之后，那是大收获期！所以我们——"年轻人自信地笑了笑，继续说，"我们对各自的未来，心里也十分有数！天道酬勤，春播秋收嘛！"

我能够想象到，这位大领导的殷切期望和坚定信心是如何感染着在这里创业和工作的年轻人的。

我和一位在这里管理花木的老师傅交谈，他说："那些年轻人说得对头，那些领导每次到这里来，都会选择在春节假期里，大部分人回来之前。领导们日理万机，还要忙别的事哟！他们要去视察的地方还有很多嘛！所以他们总是先来这里，一年之计在于春哟！有一年，对了，是五年前吧，也是正月初五，领导们来这里给大家拜年，看望大家，一个个还披着满身的雪花呢！"

"老师傅，听您说得这么活灵活现的，莫非您是亲眼看见了？"我故意打趣地问道。

"咋能看不见呢！有位书记还亲自跟我打了招呼，握过我的手了嘛！"

我想，这位老师傅自然不会知道领导们大年初五来到这里会给这座城市的现代产业做出怎样具体的规划和布局。但是，领导同志们每年都要早早地来到这里,给辛勤耕耘在这里的人们带来早春的气息,带来播种和收获的信心,却是一定的,也是每一个生活在这里的人,包括这位老花匠,都能感受到的。

种瓜得瓜,种豆得豆。大地母亲从来不会亏待辛勤耕耘的劳动者。对于劳动者和建设者们,春天也总是殷勤和慷慨的。她给大地万物送来丰沛的雨水和温暖的南风,并且竭尽全力把大地装点得花团锦簇、分外妖娆。她让一切梦想都在温润的泥土下萌芽,让所有能生长的都开始生长,甚至让所有错过季节的种子,也在沙沙的细雨中重新获得萌发的机缘。

北京作家艾克拜尔·米吉提写过一篇散文,写的是这里的首席科学家、被誉为"中国光纤之父"的赵梓森院士的故事,其中写道:"阳光是传导一切能量的,它哺育生命,培育果实,给我们带来光明。然而,光,又在给我们带来一场静悄悄的科技和生活革命。"

在这座属于年轻人的创业城里,我也时时刻刻能感到一种蓬勃灿烂的正能量,感受到一种光的温暖、梦幻和力量。同时我也想到,对这个美丽、神奇和丰盈的高科技产业领域,仅仅依靠一支纤细的笔,怎么能够把这如同迪斯尼般的梦幻传奇作为史诗记录下来呢?不,作为一部筑梦史诗,作为献给这座新型的、充满朝气的高新技术产业城的不平凡的奋斗历程的纪实史诗,它的再现,需要一种同样崇高、雄伟和磅礴大气的文笔与文采。

我不时地问自己:"我能吗?我们能吗?"

春风最暖,天道酬勤。从立春到雨水,从惊蛰到春分,直到清明和谷雨来临,春天将循着她的每一个温润的节气,把丰沛的雨水洒到辽阔的大地之上。当温暖的春光普照着大地上的每一片田野,有多少新的生命和新的希望都在等待着耕耘、播撒、萌芽、出土、拔节、扬花、抽穗、灌浆,直至成熟和收获的季节。

我觉得,我是在二妃山下这座年轻的、产城一体的现代化产业大城里,乘着光的翅膀、梦想的翅膀,在一支雄伟的、大气磅礴的交响乐中飞翔和巡礼。这里的建设与发展,让我真实地看到了一个梦想成真的奇迹:在这片曾经被人遗忘和忽略的荒野上,当改革与梦想的春水奔腾而过,如今到处是鲜花的洪流。

小书店之歌

　　世界上有不少著名的书店,隐藏在某座城市的某一条僻静的街道的拐角处,却成为这座城市文化地图上一个不可错过的景点,甚至能吸引着从外地来的观光客,必以"到此一游"为荣。

　　这些书店的魅力,往往不是因为它们的大,恰恰是因为它们的小;也不是因为它们有多么华丽、高雅和喧闹,而是因为它们的简朴、单纯与安静;当然,还会因为它们有自己的个性和自己的故事。

　　我们通常比较熟知的,例如位于塞纳河左岸、巴黎圣母院附近BUCHERIE 街 37 号的莎士比亚书店;位于伦敦查令十字街 84 号的马克斯与科恩书店(在电影《查令十字街 84 号》里,这个小书店被女主角海伦派去侦察的好友形容为"狄更斯时代的书店");位于香港旺角洗衣街(后来搬至西洋菜街)的新亚书店;位于纽约第十二街与百老汇大道街角处的斯特兰德书店……更不用说那号称世界上规模最大的、位于东京神田神保町的神田古书店街上的那些栉比鳞次的古本屋了(据说,这里聚集着将近二百家旧书店)。20 世纪 30 年代鲁迅先生居住在上海的时候,经常的去处就是内山书店,这也是一家可以写进中国现代文学史里的小书店。

所有这些书店,无一例外都有属于自己的故事,有的被写进了文学史、文化史,有的被写成了小说、戏剧和电影,有的就留在它们所在城市的永恒记忆里。

然而,这样的书店毕竟不多。美国老作家约翰·厄普代克在《旧物余韵》里如此感慨:"在我此生中,我的感官见证了一个这样的世界:分量日益轻薄,滋味愈发寡淡,华而不实,浮而不定,人们用膨胀得离谱的货币和欲望,来换得伪劣得寒碜的商品和生活。"这样的形容,也可以借来描述我们走进今天许多大而无当、毫无书香气息可言的所谓书店的感受。

百草园书店,名字取自鲁迅先生那篇著名的散文《从百草园到三味书屋》。它位于武汉市武昌区华中师范大学西门一侧的一条小巷里,面积仅 30 平方米左右,店主和店员加在一起,只有一个人,是一家真正的"小书店"。但它是目前这座城市里最"火爆"和最富知名度的书店。

店主是一个二十多岁的小伙子,名字叫王国林,看上去清秀而机敏。因为爱书,他对自己书店里进出的每一本书都了如指掌、如数家珍。他报名参加了某电视台的《最强大脑》节目,用自己的记忆力去挑战"书架检索"的技能。节目组从他寓目的 30 万册书籍里,随机挑选出 3000 册放进了演播室,然后请观众任意取出一本书,让他报出这本书的价格、作者和出版社。王国林竟都能够一一答对。虽然他的记忆表现最终没能赢得继续冲刺"最强大脑"的机会,但他在节目中流露出来的对书香的热爱、对书店的理解、对读书的坚持,却深深感动了场上的评委和观众,也让全国各地的电视机前的观众记住了

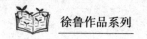

他和他的百草园书店。

天津著名诗人、在《天津日报》工作的老朋友宋曙光先生,大概就是被小王的事迹所感动的观众之一吧。他特意打电话给我,再三叮嘱,让我去寻找一下这家小书店,去看看这个小伙子。曙光兄可能担心我深居简出惯了,怕麻烦吧,所以又特别强调说:"为什么一定要去看看呢? 因为像这样爱书的年轻人,少见。"

春日的一个午后,我去寻找"百草园"。小书店所在的这条小巷,并不难找,这是附近几所大学的学生和老师们经常流连的一条文化街。一家家店面鳞次栉比,多是一些卖创意手工制品、时尚饰品和鲜花、彩妆之类的小店。"百草园"是其中唯一的小书店。

年轻的王国林果然一个人在小书店里忙碌着,一会儿给顾客找书、介绍书,一会儿到柜台边找钱、结账。许多人都是慕名而来,买完书还要跟他合个影,有的还要他在书上写几个字,签个名。看得出,小伙子对每一位顾客都很热情友好, 其中不少人显然是这里的常客,我听见他们在跟他开玩笑:"你怎么不去上《非诚勿扰》?"王国林笑着回答说:"还是《最强大脑》影响大……"

小书店有两三万册书的规模,以文史哲类为主,文学书最多,也有一些适合大学生阅读的比较时尚的生活类读物。书把小店的四壁塞得满满的,偶有一点空间,就可看见小王自己写的一些书香小语,例如:"百草园只与好书有关""最吸引人的还是书店风景""百草园是你的'书天堂'""为了人和书的相遇",等等。在门口的玻璃橱窗里,还有诸如"阅读的层次"之类的提示。

趁着他稍微空闲的时候,我和小王简单地聊了一会儿。他说,自从他上了那个节目后，他的小书店就火爆得不行了，顾客最多的时候他一天可以卖 8000 元的书，现在每天大致都能卖好几百到上千元的书。他说，他会凭着自己对书的喜爱去选书，因为门店小，空间有限，他只选他心目中的好书。我随便问了近期出版的几本书的名字，包括我自己的新书，他可以不假思索地回答说"有"或者"没有"。我说出某一类书，例如常写书话的一些作者，他马上就报出了王稼句、薛冰等人的名字，也知道他们的书大多是哪家出版社出版的。

小王是河南信阳人，从小就爱书。小时候去亲戚家时，最让他迷恋的地方就是书柜；读中学时，他常到县里的书店去蹭书看；到武汉读大学时，他经常节衣缩食，有一半的生活费都用来买书了。2009 年大学毕业后，因为出了一起事故没办法去上班，就想着开一家小书店，他向两位朋友借了几万元钱，加上手上的一万多元，终于梦想成真。

这个小伙子给我的感觉是非常有主见、自信。我建议说，可以考虑把墙壁上的这些电影海报和剧照之类的装饰拿掉一些，留下少量即可，换上一些作家、艺术家、哲学家的黑白照片，例如萨特的、乔伊斯的，他马上说："那样会给读者一种沉重感。"我说，这么多书为什么不分类陈列，那样读者不是更好找书吗？他说："小书店是不需要分类的，我一个人也没有时间去做分类。"讲得真是头头是道，十分专业。我问他，既然这么喜欢书，喜欢阅读，平时肯定也爱写点什么吧？"写点微博，"他说，"但也不能多写。尤其是现在，关注的人很多，写多了，会被吐槽，被看成是矫情。"我一想，还真有点道理。

说到"最强大脑"，他一再强调，他没有刻意去记忆，重要的是喜

欢——带着强烈的热爱去做自己喜欢的事情,肯定可以做得好。他说,做一个小书店也是这样。是的,所有小书店的美,都来自热爱,对书籍、对读者、对文化乃至对自己心中那份梦想的热爱。

是谁传下了这行业,黄昏里挂起了一盏灯?书店的灯光,是照耀着人世间的最美的灯光。愿小小百草园里散发出的芬芳书香和小橘灯般的光芒,永远熏染和照耀在城市小巷的拐角处。

红枫叶咖啡馆

在鄂南的一个小县城里,我见到了一个别出心裁的、用诗歌布置起来的漂亮的咖啡馆——红枫叶咖啡馆。但我怎么也没有想到,这事儿竟是几个刚刚从中学毕业的孩子做出来的。

小小的咖啡馆突然出现在小县城里,就像童话里的一座耀眼的小屋。可以想象,整个小城的人们是怎样兴致勃勃地奔走相告着,而众多的议论又怎样使小城的人们兴奋得眼睛发亮。

那是一座粉刷得洁白的小屋,老远你就能听见从那儿传出的动听的音乐。走进去,你马上会惊叹它的雅致。小屋的左边,明亮洁净的玻璃柜台里摆着一叠托盘、杯子和调匙,上面又搭着雪白的纱布。咖啡在柜台里煮着。右边的柜台里,整整齐齐地摆着一沓沓崭新的诗集——我想,这也许是令当代中国大大小小的诗人们感到最欣慰的事情了。我们不是常常在埋怨买诗集难,卖诗集也难吗?这几个孩子为我们想到这事儿了。仔细看了看,中国的、外国的诗集都有,更多的是当代诗人新出的诗集,有的还是书店里不易见到的。迎面的墙壁上挂着一些素雅的字画,我也仔细地看了。令我惊喜的是,它们大都是当代新老诗人们亲自书写的,专门赠送给红枫叶咖啡馆的

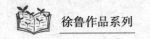

呢！看着字画的时候，音乐停了。接着传出来的是情绪激昂的男声诗朗诵。一问才知道，那正是省内一位著名诗人在朗诵自己的作品……那声音是深情的。

哦，多么美妙的咖啡馆啊，又像是一个小小的诗歌俱乐部。红枫叶，红枫叶……我轻轻地重复着这个美丽的名字。而更让我觉得亲切可敬的是这个小小的咖啡馆的主人——几个忙忙碌碌地招呼着顾客却始终笑容可掬、彬彬有礼的孩子。他们都是诚实而友好的。有谁能不愿意来呢？即使你不喝咖啡不买诗集，你也应该文文明明地微笑着走进来，坐上一小会儿，用你疼爱或是鼓励的目光看看这些忙碌的、热情的、整洁的孩子啊！

孩子们告诉我，在中学时，他们都热烈地爱着诗爱着文学。他们常常幻想着自己有一天能成为普希金，成为鲁迅或者冰心。那时候他们几乎把所有课余时间都用在组织一个小小的文学社，并且编辑一本小小的诗歌刊物上了。那文学社和诗刊的名字就是今天这小小的咖啡馆的名字。他们很快地送走了中学时代，但他们毕业的时候都哭了。他们过早地为诗、为文学花费了太多的时间，因此没有能够考上大学。在离开学校的前一天的下午，他们几个一起坐在校园后面的操场上，坐了很久，谁都没有说一句话。他们都觉得沉重。他们呆呆地仰望天空，那是属于他们的十七八岁的天空。

后来，他们一起送走了那些高高兴兴地去省城、去首都读大学的同学，回来后，便在这小县城里开始了新的梦想。他们没有忘记在校园里伸展着、歌唱着的满怀渴望的小小的红枫叶。

哦，我们可以想象，在小小的咖啡馆开张的前夜，这几个孩子是如何为即将到来的成功而激动、兴奋、不安。我们难以想象，为了这一间小屋，为了两个小小的柜台，为了咖啡和饮具，为了一本本采购来的诗集，为了挂在墙上的字画，为了桌椅，为了音乐与朗诵……并且，为了使这一切能够变为现实呈现在人们的面前，他们，几个刚刚走出校园的孩子，在这浩大的、复杂的社会面前，该是怎样地到处奔波啊，甚至忍受着来自家庭的委屈。

那么，当我，当我们捧着一本好诗集，并且喝着孩子们送上的一杯咖啡时，我们应该为这些孩子做些什么呢？看着他们忙碌的身影，我这样想。

村路带我回家

你在故乡的大地
上消失了，却永远地
流淌在我的心头。

刺　猬　灯

金色的阳光,透过糊着白纸的窗棂,一格一格地照进来。

我的小刺猬也醒来了。它在炕头上的小木笼子里探头探脑的,想要出来玩耍呢!

小刺猬是爷爷从路边的草丛里捡回来的。当时,它又饿又冷,缩成了一小团。爷爷说:"小刺猬也许是迷路了。小石头,你要好好喂养它,让它长胖一点哦!"

我好喜欢这个小家伙。我给它喂胡萝卜和青菜叶,也给它喂一些松子和花生。

小刺猬不再那么害怕地缩成一小团了。它陪着我玩耍,大口大口地吃东西。它真的已经长胖了。

"小刺猬,你知道吗?今天是正月十五上元节哦!"

这是我小时候最盼望的一个节日。

我对奶奶说:"奶奶,你不是要给我做上元灯吗?我想要个刺猬灯。"

奶奶说:"上元灯要等天黑了才能点亮哪!你放心,奶奶一定给你做。"

上元节真是一个热闹的节日啊！好像全村的人，大人们和小孩们，都走出了家门，有的站在胡同口，有的站在村口的老槐树下，有的骑在墙头，有的坐在草垛上，都在等着看热闹呢。孩子们都穿上了平时舍不得穿的新衣服。

不一会儿，就听见从村外的小石桥那边传来了热闹的锣鼓声。锣鼓声越来越近，越来越近……

渐渐地，一支浩浩荡荡的锣鼓队出现了。

这是我们小镇上最有名的锣鼓队。鼓手们都穿着金黄色的绸子衣服，腰上扎着大红色的带子，头上缠着雪白的新毛巾。

我用小木笼提着我的小刺猬，追着去看锣鼓队表演，从村口的打谷场上，一直跟到很远很远的村外去……

这时候，奶奶正在家里揉着软软的黄豆面，给我和弟弟、妹妹做上元灯。

在我们胶东老家，每到上元节的夜晚，家家都要用黄豆面做成各种形状的上元灯，有鲤鱼灯、小猪灯、鸡灯、羊灯……每盏豆面灯上，都会特意留出一个圆圆的"小碗口"，这是放豆油用的。

"奶奶，你会做刺猬灯吗？我想要一个刺猬灯。"

"好，奶奶给你做个刺猬灯。"

奶奶的手可灵巧了！她先用豆面搓出了小刺猬的身子，再用剪子轻轻地剪出一根根小刺，然后又用两粒黑色的花椒籽给小刺猬安上眼睛。不一会儿，一盏小小的刺猬灯就做好了。

所有的上元灯都做好了。接着，奶奶要把它们摆在一个大笼屉里蒸熟。奇怪的是，奶奶在蒸上元灯时，还在每个"小碗口"里放上几颗饱满的豆粒。

我问奶奶："奶奶，为什么要放进几颗黄豆呀？"

奶奶告诉我说："这里面有个讲究呢！"原来，过一会儿，等这些豆面灯蒸熟了，豆粒涨得越大，就预示着当年的雨水越充足。

不一会儿，热气腾腾的锅盖揭开了，蒸熟的上元灯全都变得金黄金黄的了。我的刺猬灯也变得金黄金黄的了。还有那些豆粒，一粒一粒，果然都涨得很大了。

奶奶高兴地说："小石头，今年一定会风调雨顺，地里的庄稼肯定有个好收成哪！"

奶奶在每盏豆面灯的"小碗口"里倒进一些豆油，再放进一根线芯，有的也放进一小截红蜡烛。接着，奶奶划燃了一根红头火柴，点亮了这些漂亮的上元灯……

这时候，圆圆的月亮升起来了，金黄色的月亮把全村照耀得像白天一样。家家户户都在门前挂起了红色的灯笼。一些皂角树上也挂上了红灯笼，看上去就像秋天的柿子树上结满了红红的柿子。

弟弟和妹妹端着各自的上元灯，摆放在不同的地方。门前的石墩上，摆上小狗灯；天井里的鸡窝边，摆上鸡灯；水缸边，摆上鲤鱼灯。

奶奶说，上元灯可不能熄灭哦！谁的上元灯燃得最亮、最久，就预示着谁在这一年的运气最好。所以，每个人的上元灯都由他自己小心翼翼地看管着，该添油的添油，该换蜡烛的就换蜡烛，从上元夜要一直点到第二天天亮的时候。

爷爷问我："小石头，你的刺猬灯要摆在哪里呢？"

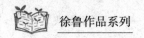

奶奶说："刺猬灯要摆在粮缸边才好哦。"

这时候，我提着小刺猬，端着明亮的刺猬灯，来到了小刺猬迷路的地方。

"小刺猬，今天晚上是上元节，你要早早地回家哦！"

小刺猬瞪着黑亮的小眼睛，哧溜一下钻出了小笼子。小小的、明亮的刺猬灯，为它照亮了通往树林的草丛和小路。

送走了一年一度的上元节，奶奶会把所有的上元灯收集在一起，刮去上面的油迹，然后切成面片，为我们做成香喷喷的豆面香菜汤片。奶奶做的豆面香菜汤片，真是美味啊！

现在，奶奶已经不在了。奶奶不在了，从此再也没有谁给我做刺猬灯了。我多么怀念小时候的上元节，怀念亲爱的奶奶，怀念奶奶给我做的小小的刺猬灯啊！

村路带我回家

这是温和而安静的秋后的日子。穿过外省公路上的尘土与风沙，我终于回到自己的村里来了。

放下昔日的行囊，我激动而又静默地站在村口。我看见了我最熟悉的地方——也是我在拥挤的大城里常常梦见的地方。没有错，从这儿可以清清楚楚地望见许多高高地堆在道路边的金色谷垛，可以望见从远处向村里走来的每一个人，望见村边的牛栏、谷场和井台，望见远处辽阔的田畴、山冈和小树林……刚收割干净的田野仍然散发着谷秸和青草的气息。它们充满了泥土、水和阳光的芬芳。在这儿还可以听见一条环村而流的小河的淙淙水响。每到早春三月，河的两岸便开满了肥美的牛蒡花和马兰花。中午的河滩上有闪着金光的温暖沙砾。河的上游有吱吱不停的风车和水磨坊。偶尔可见能干的女人们在那儿淘洗要磨的麦子，在那儿浆洗花花绿绿的被单和衣裳。她们有时候也在更上的上游等待自己心爱的人……我知道，芦青河是我们村庄的父母之河！河水里倒映着我们古老的和新建的家园，河水里流淌着我们充满爱与忧愁的日子……

村边没有任何人影。我知道，入冬之前，快乐都在村庄深处。但

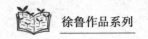

我终于看见了一个陌生而美丽的小女孩,安静而自在地站在洒满阳光的墙边。她的身旁还有一条温顺的黄狗伏卧着。她和它都在用奇异的眼光打量着我。我期望着她能够说一句什么话,然而没有。我宽容地摇摇头,苦涩地想,少小离家老大回,只因为我离开故乡太久了!

原谅我也像小女孩一样静静地站在墙边吧。有谁能够知道,一个小时候告别了家乡的人,当他终于在自己不再年轻的时候跋涉着回来,像一个做错了什么事而终于悔悟了的老孩子一样,蹑手蹑脚地回到母亲的身边,看见昔日庇护过自己的草垛和屋檐,并且实实在在地而不是在客栈的梦里站在了故乡的墙边,他会觉得,这是多么幸福的事情啊……

于是我友好地朝小女孩笑笑,甚至蹲下身来轻轻地抚摸了一下她那黑亮的头发。我的手充满了最大的温情。那条黄狗用仿佛是极不能够理解的目光看着我的举动。小女孩则友好地朝我笑笑。这一瞬间让我想起了许多美丽的东西。她那单纯而柔和的眼睛,让我想起多年未见的妹妹。而她头上的那块蓝布头巾,又令我想起了当年远嫁而去的可怜而年轻的姑姑。那时候能陪着她流泪的只有同样艰辛而善良的祖母和母亲。她们是温存而坚强的,她们互相安慰着,只因为她们有着共同的命运!

这时候,一阵愧疚又袭上心来。是呵!就在不久前,家呀,亲人呀,还是何其生疏的东西啊,如今总算回来了!虽然我已经不再年轻。我点上一支烟,深情地望着远处辽阔的田野,望着远处一堆堆金色的谷垛和一株株正在生长的杨树与槐树,听着大地上的风声,我长长地吐出多年郁结在心头的乡愁！我知道家乡正在发生和就要发生怎样的变迁。从城市的日报上偶尔读到一些家乡的消息，我的心总是沸沸腾腾地难以入眠。我坚信我的村庄也同我的祖国的每一个村庄一样，同我们整个时代一样，正在努力改变着自己。虽然它们同样古老而艰辛，但我仍然能够想望到它的未来……

　　我想起一位俄罗斯作家的话："自由之村的富足、宁静、丰饶啊！和平和幸福啊！"对于他们来说，"君士坦丁堡的圣索菲亚教堂圆顶上的十字架"，以及城里人所孜孜追求的一切，又算得了什么呢？

　　我知道，我的欢乐不再是一个少年人的欢乐了。

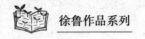

故乡的山泉

　　故乡的山泉已经消失了。连山泉流过的那条布满层层梯田的碾子沟也被填平了。这次回到故乡,童年的伙伴告诉我,村西碾子沟两边的土地已经被开发商征走,不久就要变成一个高尔夫球场了。

　　我压抑着内心的疼痛,问道:"将来,你们,不,我们的孩子,天天要在这里打高尔夫球吗?"

　　没有谁能够回答我。

　　"那道山泉,养育过咱们村里多少代人啊!那么清凉、那么甜的泉水,永远地消失了,再也看不到、喝不到了,你们就不心疼,就不觉得可惜吗?你们都忘了小时候一起去碾子沟里干活儿,累了渴了就往山泉边跑的情景吗?"

　　我知道,老家的伙伴们也都无力去保护童年时代的那道山泉。

　　诗云:"未老莫还乡,还乡须断肠。"回到故乡,我看见,那永远消失了的,何止一道山泉。曾经环绕在我们村边的清清小溪,穿过小村的光滑的石板路,坐落在村西的古老的磨坊,还有村东山坡上的苹果园,矗立在那座古老的祠堂旁边的高大的老槐树……也都看不见了,再也找不到了!它们都到哪里去了啊?

　　盘桓在空寂的、被开发商们折腾得支离破碎、看不见一棵绿色小树的村外,我的心里似有愁肠百结,痛楚难忍,口里也好像有含了砒霜一样的苦味。

　　我依依回想着往日的村庄,童年记忆里的故乡……

　　哎,在那盛开着石竹花和雏菊的幽静的山谷间,或者,在那连接着远山、地平线和我们村子的小路边;在那微凉的、笼罩着乳汁似的白烟的春天的早晨,或者,在那金灿灿的、荡漾着我们丰收的欢笑声的秋日的傍晚……清清的故乡的山泉,曾经宛若一支支如歌的行板,带着母亲般的温和,潺潺流淌着,流淌在我们因劳作而疲惫、饥渴,又因收割和期待而幸福、充实的日子里。

　　也曾经有过那种时候,叮咚的山泉流淌在我们每个人都感到寂寞与寒冷的冬日的梦里,但它同样以母亲的温柔安慰着我们,滋育着我们,供我们啜饮它仅有的清甜,直到我们每一颗心、每一脉血管都被它注入一种温暖的情感和永不动摇的信念——

　　好好爱它吧,孩子,这是我们自己的土地,这是我们世代的家园!不要忧愁,孩子,记住这道山泉水,这是养育过我们祖先的水;记住这些山沟和梯田,这是让我们生生不息的山沟和梯田。凭着我们每个人粗壮的手臂,凭着我们每个人对乡土的忠诚和热爱,幸福一定会在这块土地上生长,我们都会幸福的!

　　这是母亲般的泥土和泉水的恩赐!凭着不老的岁月和不竭的泉水,让我们都来相信吧:幸福、祥和、美满的日子,总会完整无缺地属于我们……

　　哎,故乡的山泉,你这清冽、甘美的慈母之乳啊!

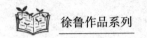

而在从前，在我们小的时候，没有谁能够告诉我们你是从哪里来的，你又将流向何方；也没有人知道，你独自流淌了多少年，你为什么有着那么多流也流不尽的清冽与甘甜。

曾经有多少个贫穷的童年的日子，我们拾穗在田野，放羊在草坡，躲雨在茅棚……我沿着秋日的小路走过，坐下歇息的时候，聆听着你的叮咚声，我就常常对着旷远的碾子沟发呆和痴想——

故乡的大山深处，该不会已流得空空的了吧？还是真的像祖父说的那样，在大山那边的白云深处，住着一位好心的水神仙？

哎，只因为喝着这甘甜的山泉水，我们一代代孩子才如一棵棵小树一样，坚强地生长着。欢乐与幸运也一次次地来到我们的身边，来到我们共同的艰辛的村庄和土地上……

今天回首，有多少沉重、深情的往事使我依恋，又使我无限伤感。我在想，我的埋怨和愤怒又有什么意义呢？我自己，不是也早已远离了这个曾经养育过我的生命、洗涤过我的灵魂的村庄和这片乡土吗？我自己，难道不是也离这片曾经打湿过我的头发、扭伤过我的脚踝、曝晒过我的肌肤的风雨和苍烟越来越远了吗？

哎，那是从哪儿吹来的一团团烟雾啊，掳走了我们心中那幽幽的山谷？那唯一的黄土小路上哪儿去了？那些长满马兰花、车前草和牛蒡花的河岸呢？那流淌着我们的欢乐与忧愁的童年的流水呢？

还有你，还有你们——

那些默默地养育了我又默默地把我送走的人，你们都在哪儿呢？在哪儿能重新听到你们深情呼唤我的声音呢？那在正午的小河边，在暮色苍苍的村口，在清早结满白霜的井台上，在黄昏的灶火边，在黑夜的老磨坊边，你们温存地叫着我的小名儿的声音——那散发着苦艾的气息的声音啊……

哎，故乡的山泉，你这清冽、甘美的慈母之乳啊！你在故乡的大地上消失了，却永远地流淌在我的心头。

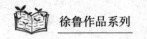

一瓣心香

　　奶奶是在春天里过世的,已经有很多年了。每当春天到来,金色的婆婆丁花和苦菜花盛开的时候,我就会特别想念奶奶。

　　我的母亲去世得太早,所以从很小的时候起,我就跟着爷爷奶奶一起生活。现在想来,在那些艰辛和贫穷的年月里,奶奶默默忍受的苦楚,是比任何人都要多的。

　　我记得有许多冬天的夜晚,等我们都睡下了,奶奶就一边在昏黄的油灯下——当时我们村里还没有电灯——搓着纳鞋底用的麻绳,一边暗自流泪。弟弟妹妹们都还小,还不太懂事,他们听不到奶奶沉重的叹息和呜咽,也不知道奶奶在深夜里叹息什么,我是懂得的。

　　虽然这样,奶奶过世的时候,她终于稍微感到满足了。这是因为,她总算把我们兄妹几个养活、拉扯大了。我们的日子,也比以前好过了一些。

　　奶奶过世那天正下着雪,那是那年的最后一场雪吧?实际上春天已经来到了人间,到处都是温暖的,山上有不少小树的枝头已经冒出嫩嫩的芽苞了。奶奶就安息在飘着薄薄雪花的春山上。

奶奶临终时也有一件不放心的事，就是没有看到她心中一直在期盼的那个孙媳妇。在我刚刚二十岁的时候，奶奶就念叨过，她一定要亲眼看到自己的孙媳妇走到她身边，轻轻地叫她一声"奶奶"，她才能死。我知道，她是多么希望有一位温顺的姑娘能像我一样亲亲热热地喊她几声"奶奶"啊！然而，她没有等到这一天。因为我那时把自己的全部心思都用在了念书和工作上，我以为只有专心念书，好好工作，才会有出息，才对得起辛辛苦苦把我养大的奶奶。别的，我都没敢去多想。

现在又是一年春天了。金色的婆婆丁花、苦菜花，还有小小的野菊花，都在草地上和小河边盛开了。我觉得我应该到奶奶的坟前去一趟。因为我想去告诉奶奶，她已经有一位准孙媳妇了，而且真的是像她生前所期盼的那样温顺和俊美呢！我想，奶奶倘若在地下有知，听到这个消息该会多么高兴啊！

我把这个想法告诉了我的女友，她听了也不禁悄悄地流出了泪水。她说一定要和我一起去看看奶奶，去告诉那不曾见过面的奶奶，让她放心，她一定会做一个像她老人家心中所希望的那样的孙媳妇。

我还告诉女友，奶奶生前最喜欢那种名叫婆婆丁的金黄色野花，还有同样金黄色的苦菜花。因为在我们北方贫瘠的土地上，它们都是在春天里最早盛开的野花，它们用自己金黄的颜色和淡淡的药香迎接着春天，也喂养了我们一代代饥饿的乡村孩子。

女友说："那咱们就去采一些金色的婆婆丁花，放在奶奶的坟头上，奶奶会知道，这是我们对她的思念和问候。"

　　我感激地点了点头。我仿佛看见一簇簇、一蓬蓬朴素而又美丽的婆婆丁花和苦菜花正灿烂地开放在奶奶矮矮的坟头。金黄的颜色,淡淡的药香里也包含着我们的一瓣瓣心香。

游戏里的小童年

诗人罗伯特·勃莱有一句诗:"贫穷而能听见风声也是好的。"这使我想到了我们这一代在寂寞和贫穷中长大的孩子,想到了我们在清苦的童年时代里所玩过的那些简单的乡村游戏。那不就是我们在贫穷年代里听见的、伴随着我们度过了春夏秋冬的风声吗?

走 月 亮

走月亮是一种很美的乡村游戏,又叫走月、圆月。每逢八月十五中秋夜,女孩子们就会三五成群,结成一组,趁着皎洁的月色,在村里的小巷或村外的田间小路上,结伴行走和游玩。走月亮至少要走过三座小桥,叫走三桥,而且走过的小桥不许重复。可以想象一下,这是一种多么美丽而自在的游戏啊!快乐的女孩子们手牵着手在月光下嬉笑行走,一边走还一边唱"圆月,圆月,一斗麦子换一个",然后去寻找和跨过那些弯弯的小桥。走累了,她们就会一起回到事先商量好的谁家小院里,坐在月光下吃吃月饼和瓜果,欣赏中秋夜的月亮,想象着月宫中的玉兔、桂花树,还有嫦娥……就是这样一个美

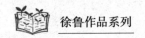

丽的游戏习俗,现在几乎没有小孩子知道,更不会有小孩子在中秋夜邀请小伙伴一起玩一次这个老游戏了,真是太可惜了!

挤 墙 角

小时候在北方农村小学里读书,冬天很冷,一节课上完了,手脚都会冻得冰凉冰凉的,有时都冻僵了。所以,每到课间,我们这些三四年级的小学生,不分男生女生,都会抢着奔到一处避风的墙角,或者站到可以晒太阳的墙边,一起玩挤墙角的游戏。

挤墙角要把队伍分成左右两队,每队派出一名个头最大、最有力气的伙伴,充当打头阵的人,其他队员一个紧挨着一个,跟在后面拥挤,直到我们把冬天里的寒冷全部"挤"走,个个挤得额头冒汗,这时候,上课的铃声也响了起来……挤墙角的游戏给我们小时候那些寒冷的日子带来了多少温暖和快乐啊!挤墙角没有太多的规则,也不需要什么特别的技巧,所以,人人都喜欢加入游戏的队伍。谁承受不住挤压,扛不住了,谁就会被挤出队伍。被挤出队伍的人,可以快速跑回自己小队的队尾,继续加入。哪个小队的队伍先被挤垮了、挤散了,哪个小队就算输了。然后,游戏重新开始。现在想来,这个游戏真有点像拓展训练,不仅可以锻炼人的抗压力和忍耐力,还可以训练和培养一种齐心协作的团队精神。

打 木 棍

小时候,我们这些男孩子经常玩的一种游戏叫打木棍,又叫打杂杂(gá gá)。杂杂,就是一段大约十厘米长的小木棍,两端削尖,使其看上去像一个枣核的形状。玩的时候人数不限,可以分成两组,先在地上画一个方框当作"城",各组选出一人站"城"内,轻轻捏住杂的一端,再用一块像瓦刀一样的木板将杂用力打出去,杂落得远的那组先开始打。开打时,要把杂放到"城"口,然后一组人轮流打杂:用木板敲击杂的一端,使杂蹦起来,然后在它蹦起来的瞬间,迅速挥动木板把杂打出去。哪一组打得远,哪一组就得胜。这个游戏,可以让我们这些寂寞无聊的小孩在寒假里玩得忘了回家吃晚饭,直到从胡同口那边传来妈妈喊我们回家加衣裳、吃晚饭的声音。

弹 窝 儿

我小时候是在胶东半岛乡下度过的,当时还玩过一种简易的竞技游戏叫弹窝儿,是打弹珠游戏的一种。我看到《山东民俗》这本书里对这个游戏也有描述。小伙伴们一起玩时,先用木棍儿在地上挖出五个小洞,谁能连续把玻璃球弹进五个小洞里,谁就赢了。现在想来,这不是有点像儿童版的高尔夫球吗?我在日本的电视节目里看到过,日本儿童也是用这种方法玩玻璃球游戏的。也许,这个游戏本来就是从中国民间传过去的。那时候,我们每个小孩子的书包或口袋里都装着许多五颜六色的玻璃球或小钢珠,一放了晚学,我们就

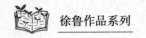

会在宽敞的胡同口玩起弹窝儿游戏，有时候玩得忘记了时间，直到天快黑下来了，黄玫瑰一样的小月亮悄悄挂在了村边的柳树梢上……

割　豆　腐

割豆腐这个游戏，与豆腐没有一点关系，不知道为什么会有这个名称。后来我仔细想了想，大概是因为做这个游戏时，用草茎做出来的形状，和豆腐块的形状有点相似吧。这其实是一种斗草游戏。斗草是中国古代常见的乡村游戏。古时候人们生存艰辛，生活也单调，空闲时喜欢用斗虫、斗草、斗兽的方式来互相娱乐，后来渐渐演变成了一种技艺比赛。"青枝满地花狼藉，知是儿孙斗草来。"宋代诗人范成大的这两句诗，描写的就是儿童玩斗草游戏的情景。我小时候也和伙伴们玩过斗草游戏。每到春夏时节，野草长得十分茂盛了，我们去田野割草、挖野菜的时候，就会在田间地头一起斗草。

割豆腐的方法是这样的：找一根细长的三棱草茎，两个伙伴（男孩女孩不限）各执一端，同时用力，把草茎劈成两半，到中心点后，换另一股，再向两边撕拉。如果劈成了"H"形，预示参与者将来会生小男孩；如果劈成了"◇"形（也就是豆腐的形状），预示参与者会生小女孩；如果什么形状也没劈成，预示他们男孩女孩都没有。这种游戏不需要用力，只要小心翼翼就行。它带一点占卜的性质，多是女孩子喜欢玩。显然，割豆腐游戏和古代用青草占卜的巫术有关。不过，现在玩一玩这个游戏，我觉得至少可以帮助小孩子多认识一些花花草草,引起他们对大自然的兴趣和热爱。要知道,绿色的小草,曾经给我们这一代孩子的童年带来了多少想象和乐趣啊!

割 韭 菜

小时候,我们还玩过一种名叫割韭菜的游戏。这是从乡村里看护菜地、防人偷菜的生活实景演变出来的。游戏开始时,几个伙伴聚集在一起,每人伸出一根手指,由一名领头的按照顺序先数一遍指头,边数边唱:"大拇指,二拇指,你是谁家小兄弟? 小兄弟,不在家,找来找去就是他!"唱到"他"时,指到的这个人就被定为看守菜地的人了。看守菜地的人必须在画出的圆圈(代表菜地)内担负起看守的责任,不许其他人(代表偷菜人)进入菜地。当然,看守人自己也不能走出菜地。偷菜的人分散在圆圈四周,不断寻找机会想闯进去"偷菜",他们一边走动一边唱着:"进园进园割韭菜,一割割上两布袋!"偷菜人既要想法进入菜地,又不被看守人捉住。几个小伙伴一起玩这个游戏,可以玩得非常投入和开心,乐趣不断。现在回忆起来,我觉得它比孤独地坐在深夜的电脑前"偷菜"要有意思得多。

砸 毛 驴

前面说过,割豆腐的游戏和豆腐没有关系。同样,砸毛驴的游戏和毛驴儿也没有一点关系。这是生活在乡村的小孩子常玩的一种健身和较劲儿游戏。玩的时候,人越多越显得热闹,一般都会有十几人以上，分成两组，互相比赛。一组选出一名个头较小、体质较弱的小伙伴当"墙"，其他的力气较大的小伙伴用头做抵挡，充当"毛驴"；另一组人就是砸毛驴的人。在寒冷的冬天里，我们常常在校园的操场上，在可以晒到阳光的矮墙边，在黄昏时分的胡同口，一起玩这个游戏，一直玩到全身发热，忘记了寒冷，也忘记了回家吃晚饭。

拔 柳 树

拔柳树是一种摔跤游戏，但是和摔跤又不同，所以这个游戏又叫拔腰或拔桩子。我们小时候在田间地头玩的拔柳树是这样的：参加比赛的两个小伙伴并排站着、脸朝着相反的方向站立。游戏开始，各自弯下腰，从侧面抱住对方的腰部，像倒拔柳树一样，从地面上往上拔对方的身体。谁能把对方先拔起来，谁就是胜利者。输了的一方要为大家表演小节目，胜利者可以继续打擂台。小时候，我们在田野里挖野菜、割青草的时候，还有冬天里在墙边晒太阳的时候，经常玩这种拔柳树的游戏，也可以玩得满头大汗，忘记了劳累和寒冷。这是一种典型的男孩竞技游戏，既比技巧，又比力气。它和摔跤是不同的，摔跤可以用双脚使劲，用手扭拉对方，直到把对方摔倒为止，但拔柳树不能用脚，只能用手臂上的力量，而且手臂只能抱住对方的腰部，不能抓挠其他部位。这个游戏可以锻炼人的腰力、臂力和比赛的耐心，也可以培养人的遵守公共规则、公平竞争的竞赛意识。

打 水 漂

还记得小时候玩的打水漂的游戏吗？放学的路上，路过小池塘、小河边的时候，几个小伙伴会就地选择一些薄薄的石片或瓦片，弯下腰，对着池塘平静的水面打起水漂，比一比谁的瓦片跳得远，谁扔出的石片激起的圈圈最多。小小瓦片，擦着水面飞出去，碰到水面又弹起，继续向前飞，反复多次，直到最后沉入水中。这可是一个很古老的游戏呢，据说从人类的石器时代就开始了。而世界上最新的打水漂纪录是一个名叫拉塞尔·贝尔斯的人创造的，他抛掷出去的一枚扁鹅卵石竟然在湖面上飞了 76 米，跳跃了 51 下，真有点不可思议。有的游戏专家经过多次试验总结出来：当小小石片第一次接触水面，与水面成 20 度角时，打出的水漂最为完美。

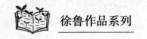

怀念小时候的游戏

罗大佑的校园歌曲《童年》这样唱道："池塘边的榕树上，知了在声声叫着夏天，操场边的秋千上，只有蝴蝶停在上面。黑板上老师的粉笔还在拼命叽叽喳喳写个不停，等待着下课，等待着放学，等待游戏的童年……"这几句歌词写得真准确，几乎每个孩子的童年都是这样度过的。我们这代人清苦的童年，就是在一些游戏中展开和长大的。许多快乐和美好的记忆，也来自那些又简单又接地气的老游戏。

游戏，是孩子们最正当的行为，和玩具的功能是一样的。有很多的老游戏，目的很单纯，就是让小孩子玩的。有的游戏是和一些简单有趣的童谣配在一起的，孩子们边玩边唱，给自己带来一个轻松快乐的童年，一个"玩的童年"。还有一些游戏，可以让小孩子得到身体上的锻炼，有点像简单的儿童健身项目。还有的游戏，益处就更多元了：不仅可以揭示故事传说的缘起，激发想象力，还可以励志、培育美好感情，增进小伙伴间的友爱，使他们养成团队协作的意识，等等。

例如跳房子，就是全国各地的孩子都喜爱的一种老游戏。这个儿童游戏有故事，有想象力，也很励志。传说，当年刘海戏金蟾之后，金蟾不服气，就和刘海打赌。刘海使出法力，在地上画了七个白圆圈，只要金蟾一年内跳出这些圆圈，便让它重新回到水中去。刘海以为金蟾跳不出去，便云游去了。等他云游归来，只见金蟾已经满身伤痕，奄奄一息地躺在第七个圆圈外。刘海深为金蟾的毅力感动，就让可敬的金蟾重返水国故里。后人为了让孩子们效法金蟾的毅力，便设计出了这种既可以锻炼智力又能陶冶情趣的游戏。所谓"房子"，就是预先画在地上的白色圆圈（也可以画成方格）。三五个小伙伴欢聚在一起，唱着简单的童谣跳起来，十分好玩。

我小时候还玩过一种叫刚均宝的游戏。至今我也没弄明白，"刚均宝"这三个字是不是这样写，又是什么意思。其实就是我们常见的"石头、剪刀、布"的游戏。二人背着手，面对面，一齐说"刚均宝"，左脚一跺，从背后伸出右手。手形有锤子、包袱、剪子状：拳头是锤子；五指伸开、手心端平是包袱；伸食指和中指是剪子。锤子能砸剪子，包袱能包锤子，剪子能铰包袱，以此来判断谁胜谁负或决定先后。

成年以后，在一次文学会议上，我亲眼看见过两位老作家徐迟先生和碧野先生（现在他们都已经不在了，愿他们的灵魂在大地母亲的怀抱里安息），也是当场用这种"石头、剪刀、布"的游戏，解决了两人发言的先后顺序，避免了相互谦让的麻烦。这件小事让我感到，有一些老游戏不仅孩子喜欢，就是童心未泯的成年人偶尔玩玩，也很有意思，仿佛童年重临心头。

前些时，我应邀为故乡山东的出版社编写了一套名为《老游戏》的图画书。在这套书中，我选取了全国各地孩子们常玩的80个老游

戏,用浅显的小散文的笔调,简单地描述出游戏的特点、玩法,以及它们能给孩子带来什么样的乐趣和益处。我觉得,这好像是一次重返童年的经历。

有时候,看着今天的孩子们一心埋头在课本作业中,或者一味迷恋在电子游戏和电动玩具之中,我就想,如果他们能有机会、有兴趣来玩玩和学学那些简单的民间游戏,该有多好!

啊,小时候,已经是那么遥远了的小时候啊!

飞翔的蝉声

我又听见那一声声蝉儿的歌唱了……

当我从外省归来，回到我的母校，站在三十多年前我和伙伴们亲手种植的梧桐树下，我的身边飘荡着的，是童年时代芬芳的气息和如雨的蝉声。而我已不再青春年少，不再是那个在雨后的中午，在阳光灿烂的早晨或静谧的黄昏，扛着长长的竹竿，听遍校园四周的每一棵树，去寻找那些蝉儿的快乐的孩子了。

我多么怀念那些伴随我度过了艰难寂寞的日子的蝉声，怀念那些同我一样小小的、会发音的生命，怀念那永不再来的雨季——我那昔日相濡以沫的伙伴，我童年时代的老校长和老师们。

今天，我坐在我小学时代的那个座位上。窗外飘荡着如雨的蝉声，一如当年。教室里却空空的。我的心在战栗着。我知道，我是被一种神秘的温情激动着。我的口袋里有一本法布尔的《昆虫记》。我在心中默念着这段文字：

四年黑暗中的苦工，一个月阳光下的享乐，这就是蝉儿的生活。我们不应当讨厌它那喧嚣的歌声，因为它掘土

71

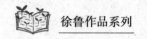

四年,现在才能够穿起漂亮的衣裳,长起可与飞鸟匹敌的翅膀,沐浴在温暖的阳光之中。那么,什么样的钹声能响亮到足以歌颂它那得之不易的刹那的欢愉呢?……

我想,这是良知选择在今天对我童年时的无情进行责备和批判!又仿佛在提醒我,让我用今天这颗渐趋成熟的心,来重新认识这弱小而又坚强的生命。

我童年时结识的弱小的歌手啊,我在为你扼腕叹息!是的,当一切艰难都被战胜了,从大地到天空;一切的坎坷都度过了,四年黑暗中的掘土、跋涉,从幼稚到成熟;一切的不幸也经历了,从阳光下的曝晒到风雨中的沉浸……脱去久已习惯的外壳,你是被解放了的自由的精灵;在新晴的天空中,你是绿色之林中的王子。然而就在真正的自由与欢乐刚刚到来的时刻,你生命的歌、你飞翔的翅膀,却突然被折断。我怎能不为你深深惋惜呢!尤其是当岁月使我重新认识了你,也理解了你的时候。

我知道,乖戾的岁月已经使我永远地失去了许多善良的友伴,他们像风一样随着雨季而消逝。但我仍然渴望着,心中沸腾起他们美丽亲切的声音。我深信,经过岁月的沉淀与选择,他们都将是我生命中最美丽的一部分。他们都将给我欢乐,也给予我前进的勇气。听着他们在我生命深处的鼓动与召唤,看着他们在我人生起点上的凝视,我有时也会流下泪水。这时候,我仍然对这世界满怀眷恋与感激,同时也深深懂得了,任何一种自由的歌唱都来之不易。有时候,最平静、最引人共鸣的诗却是从最苦难的心灵里唱出来的。

　　而对于你——这坚韧的,度过了漫长的苦难与黑暗的,仿佛是从地狱里出发并一路探索而来、终于见到朗朗天日却又匆匆离去的,我心灵中最初的歌手与友伴,我又怎能不在一种奇异而真实的重压下感到揪心的疼痛呢?

　　我又听见那一声声蝉儿的歌唱了⋯⋯

　　这是呼唤我良知的声音。我感到一种既陌生又熟悉的气息。而一阵阵更年轻更美丽的脚步声从窗外匆匆而过,令我比任何时候更渴望年轻。短暂的雨季终会过去,而这如雨的蝉声,仿佛是奏向我心灵深处的优美旋律,将要穿透所有的世纪,与永恒的时光同在。

啊，很久很久以前

我最早读到的童话诗，是俄罗斯大诗人普希金的童话诗。那是在四十多年前——20 世纪 70 年代里，我还在家乡的村小里念书时，一位从城里来的小姐姐——来我们村插队的知识青年，见我勤奋好学，就送给我几本在当时很难见到的小书，其中就有一本带彩色插画的《普希金童话诗》。

书的封面上画着一只黑猫，正在系着金链子的橡树上散步。那是普希金的一首长篇童话诗《鲁斯兰和柳德米拉》的开头所描写的情景：

海湾旁有一棵青翠的橡树，

树上系着金链子灿烂夺目：

一只猫可以说是训练有素，

日日夜夜踩着金链绕着踱步；

它向右边走——便把歌儿唱，

它向左边走——便把神话讲。

四十多年过去了，书的模样到现在仿佛还在我眼前。

在那充满了饥荒和书荒的年代，《普希金童话诗》成了我最为心爱的宝书。它像一团小小的炉火，温暖着我幼小而寂寞的心灵，激发着我童年时代的微弱而可怜的想象力。直到今天，我仍可以全文背诵出《渔夫和金鱼的故事》等经典作品。

> 在蔚蓝的大海边，
> 住着一个老头儿，和他的老太婆。
> 老头儿出海打鱼，
> 老太婆在家中纺线。
> ……

这样的诗句是那么朴素和自然，美在有意无意之间。这大概也就是小说家汪曾祺先生所说的"一个人最初接触的，并且足以影响到他毕生的艺术气质的纯诗"吧？

到了 90 年代，当我自己也尝试着动笔写作童话诗的时候，我对《普希金童话诗》仍然旧情难忘。我重新找来了《普希金童话诗》的最新版本，一遍遍地读着我非常熟稔的《渔夫和金鱼的故事》，读着《神父和长工巴尔达的故事》《母熊的故事》……

当我读着它们的时候，我的思绪又回到了童年时代，回到了那些寒冷的冬天的夜晚，在一个温暖的土炕上，我躺在被窝里听老祖母在闪闪的灯花下讲故事的日子。

呼啸的大风掠过北方严寒的旷野，吹向村口，拍打着门窗，老槐

树枝在天井里发出吱吱的声响，黑色的影子画在白色的纸窗上，不时地摇摇晃晃。

年老的祖母半闭着眼睛，一边搓着那永远也搓不完的麻线，一边缓缓地给我讲着那不知道讲了多少遍的灯花姑娘的故事、狗尾草的故事和金粪筐与银纺车的故事……

说到伤心处，她会叹息着抹抹老泪；而说到冗长乏味的地方，她也会不知不觉地打起瞌睡。有时候听着听着，我自己不知道什么时候也已经睡着了。一觉醒来，但见老祖母依然坐在橘黄色的灯影下，不停地搓着她的麻线——到现在我也没有想明白，那时她搓那么多的麻线干什么呢？

我有时也想，这情景不也正与普希金在米哈依洛夫斯克村，和他那善良的奶妈阿琳娜·罗季奥诺夫娜在一起度过的那些又寒冷又温情的日子很相似吗？普希金曾在一封信中赞美过年老的奶妈给他讲的童话故事："这些故事多么美啊！每一个都是一篇叙事诗……"

我觉得，童年时我的老祖母给我讲的那些民间故事，每一个也都是一篇美丽的童话诗。事实上，我的童话诗创作的灵感和激情，就是在这种想象和回忆的氛围中诞生的。我的一些童话诗的题材，也是直接根据记忆中的老祖母所讲述的民间故事改写而成的，如前面已说到的《灯花姑娘》《金粪筐和银纺车》以及《田野上的狗尾草》等等。

我从内心里希望，今天的孩子、家长和老师们，还有我们的诗人和作家们，都能够喜欢上童话诗这种美丽的文体。它曾经是我童年时代温暖和舒适的美梦！

打 年 货

又到了要过春节的时候了。

突然想起鲁迅先生小说里的话来："旧历的年底毕竟最像年底，村镇上不必说，就是天空中也显出将到新年的气象来。"

在我们生活的这座城市里，这时候不必到别处去看，只要到汉正街上去走一走，那种热热闹闹打年货、备年货的气象，实在是每年旧历年底必须上演的一幕。

中国人没有谁不看重春节的。即使远在千里之外的儿女们，一到了春节，无论如何也要赶回老家，和亲人们团聚几天。

家终归是家，哪怕它是贫寒的，哪怕它没有豪华的门楣和漂亮的客厅，没有流油的烤鹅和喷香的苹果，但它毕竟会有一团温暖的灶火，会有一个充满了一家人的真情的小小饭桌。春节，是一个万家团聚的节日，也是一个浸润着亲情、乡思和感恩之情的节日。

说到打年货、备年货的气象，我倒是十分怀念过去的那种简单和热闹。在我的记忆里，只要一进腊月的门槛，就开始忙碌着要过年了。首先是腊鼓敲响了。平日里难得听见牛皮鼓声，一入腊月，十里八村的鼓手们便忙活开了。五人一伙，八人一组，鼓、锣、钹、镲、铙……所有的锣鼓家什儿无论新旧，全都派上了用场。锣鼓一响，一群群看热闹的小孩子就疯了一般地跟着锣鼓队呼啸而去了。大人们就开始忙活着筹集东西，宰杀"过年猪"，等着祭灶了。

每年腊月二十三日，灶王爷都要骑着灶马到天庭去，向玉皇大帝报告每家每户的善恶举动，玉皇大帝则根据灶王爷的报告来决定每家每户来年的福祸凶吉。为了祈求来年一家人都能平平安安，少灾免祸，于是在灶王爷上天之日，家家都要多多供奉一些祭灶果，尤其要多准备一些甜果，好让灶王爷的嘴变得甜一些，多说几句好话。祭灶果给我们这代人苦涩而寂寞的童年留下了几多甜蜜的记忆啊！

我很怀念我们这一代小时候生活在乡下的人，我们懂得了一种古老而朴素的风俗叫祭灶。我也常常回味留在我童年记忆里的这种甜蜜。至于现在和将来的孩子们是否还知道什么叫祭灶，什么是灶王爷和祭灶果，就很难说了。

然后就是写春联和贴春联。我也很怀念年年春节前大街上到处摆满红春联的摊子，以及家家都在贴春联的喜庆景象。所幸的是，这种习俗今天无论在城市还是乡村都还保留着。大吉大利的新春联贴在门上，给人以大地回春、万象更新的喜悦感。

当然，孩提时代过年时最盼望的事，也许就是压岁钱了。

欢欢乐乐地吃完了年夜饭，新年的鞭炮声便此起彼伏地响了起来。这时候，全家人便会依着长幼顺序去向祖先的灵位行礼。给祖先们磕完了头，小孩子还得依次给长辈们，特别是给爷爷奶奶磕头。给爷爷奶奶磕头，是每一个小孩子都很愿意的，因为磕完了头便可拿到压岁钱了。钱不在多，但每人一份，谁也不偏向。这就够了。孩子们一旦拿到了压岁钱,便一哄而散,各自躲到一边数钱去了。爷爷奶奶则依旧端坐在饭桌前,乐不可支地看着心满意足的满堂孙子孙女……一家人享受着热热闹闹的天伦之乐。我相信,这也是年夜里孩子们最幸福的时刻。每一个屋顶下,都有这样一个温暖的家,都有这样一份温馨的天伦之乐。

如今备年、过年,许多原有的美好、朴素和简单的习俗都不见了。而一些新的风尚,越来越充满物质主义的味道,如发红包、送礼、拜年、朋友聚会、请客应酬,等等,越来越变成一种让人却之不恭而应接不暇的负担,以至于有不少人变得害怕过年了。因此,我们不妨在新年前后倡导一些新的礼俗与方式,过一个新简约主义的春节,如何? 不要那么多繁文缛节,不要那么多的请客与应酬,甚至也无须去拥挤的超市里买回那么多也许压根就不需要的东西。

要知道,人与人、人与环境相遇,你简单,世界就会简单;你自己繁缛复杂,世界也跟着变得繁缛复杂。简单一点、简约一点,于人于己,没准都多了一些从容、自在与快乐。

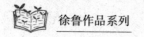

新年絮语

一

大江日夜流淌,而在岁月的江流之上,我们这座大城正在拨动着她金色的琴弦,演奏着新世纪最华丽、最雄伟的交响乐乐章。大江两岸,汽笛声声,灯火辉煌;长江一桥、二桥飞架南北,见证着这座伟大的城市从一个世纪到另一个世纪的跨越与飞腾……这美丽的城市是我们的城市。这安宁的家园是我们的家园。夜晚,银色的月光会将这座城市紧紧拥进它温柔的怀抱里,平息那整日里喧腾和繁忙的街市;当星光隐入云层,江水轻轻拍打着黎明的江岸,我们的城市也将打开她的每一扇明亮的窗户,迎接那一轮新的太阳,迎接她幸福安宁的每一天。

二

这里的每一座高楼,都崛起于时光的废墟;这里的每一条大街,都收藏着这座城市的沧桑和记忆。历史总是解决了一个又一个难题而向前迈进；我们这座大城的坚实的脚步，也永远是朝向未来的。古老的建筑是城市凝固的记忆。百年沧桑写在这里的一砖一瓦上，写在这些历经岁月的风雨而巍然屹立的石柱和拱门上。这里，是老武汉的华丽转身；这里，是老武汉的历史传记。在江流转弯的地方，我们让美丽驻足；在旧时的斜阳之下，我们书写着新生活的诗篇。这座古老的城市在我们这代人的手中，改写了它昨天的记忆。

三

给每一只小鸟一座绿色的楼房。给每一个孩子一片柔和的草地。给每一棵小树一方纯净的天空。给每一丛小花一块湿润的土壤。绿色！绿色！绿色！它是我们这个世界最美丽的颜色。她是我们的生命之源，是我们这个美丽星球的节日盛装。让我们守护这座城市的每一株绿色植物，就像守护我们自己的生命一样。那时候，让我们这样相信：整个人类都将与大自然相亲相爱，我们的高楼林立的城市也将紧紧地依偎在自然母亲的身旁，美丽的绿荫将在我们的身边轻轻摇荡……

四

在你终于赢得成功的花束的时候，难道你不怀念往昔走过的人生的路口？在你重新营造的华贵的屋宇里，难道你不常常怀念那些默默奉献了自己的木头？

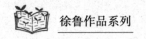

走在东湖梨园广场上,请你坐下来,看看白云和蓝天,你也许会静静地想起一些遥远的故事……看阳光下的绿树,仿佛一支支如椽的巨笔,在书写着我们的奋斗、追求和展望,在书写着我们的辉煌、毅力和品质。如果你期望寻找到一片宁静,那么请来这里小坐一会儿,洒满阳光的花园是你心灵的栖息地。也许是因为阳光格外厚爱这里,这里的每一株小草都充满生机。生活应该是美丽的,就像大地上的花朵,尽情地展示自己的色彩。

五

古旧的小巷不见了,时光刷新了这里的记忆。碧水倒映着蓝天白云,昨天的生活成为老婆婆们讲给孩子们听的故事。春兰秋菊,系乎时序。莺飞草长,岁月如斯。生活的脚步匆匆忙忙,我们还来不及回忆,从前的时光就已经远去。如寿里,一个古老的名字,将在未来的日子里唤起我们对于父辈和历史的记忆。追求幸福的脚步,踏碎了多少艰辛的岁月,但是在我们的心头留下的是创业的豪情和无怨无悔的歌。一位诗人曾经这样歌唱:"在那些春水奔腾过的地方,如今到处是鲜花的洪流。"但愿我们生活的每一个小区,都能成为百花盛开的地方,成为祥云驻足的地方,成为大树成荫、引来众鸟合唱的地方。

六

灯的河流,光的旋律;色彩的舞蹈,美的图画;雕塑的节奏,时光的乐章……当你在白夜似的沿江大道上徜徉,你将获得对新武汉的全部理解和诠释。从这里,你能够读到武汉作为一个商业大都市的现代化进程。从这里,你能够感知武汉的富庶、坚实以及与世界的广阔联系。从这里,你能够想象到财富的价值、金融的力量和创造的气度。骄傲和屈辱,碰撞和奋起,贫穷与富足,血泪和欢笑,都收藏在这些古老的建筑里。这些建筑记录着武汉近代被殖民的历史。它是纪念碑。它是活着的记忆。此刻,那些黑色的、红色的、蓝色的……各式各样的伞正运送着美丽的雨声匆匆而过。今日的大街上有最美丽的风景,每一把雨伞下都盛开着湿漉漉的生命的花朵。这坚实和欢乐的人流在告诉我,什么是我们今天的生活节奏。

七

昨天的记忆已融入夜空,欢腾的人潮是今天的风景。欢笑吧,新生的大城! 生活就应该是这样的:从这座城市的每一个窗口,你都能够看到新生活的姿容。几代武汉人童年的向往与欢笑,在这里可以找到。那些即将失传的艺术和文化,在这里可以找到。这些古旧的小巷,是武汉人欢乐记忆的一角,是老武汉足以炫人的智慧、风趣与骄傲。当你经过这里,请放慢你的脚步,不要出声,不要惊动她安详的梦境。她刚刚为那些穷孩子送去了新衣,又去看望了那些苦难的女

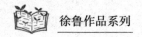

工。她的心地像蓝天一样广阔、明净,她是 20 世纪中国的一位伟大的女性。宋庆龄,一个圣洁的名字,武汉的历史将因为她在这里生活过而增添一份温暖和光荣。

八

古代的骚人墨客,在这里留下了千古不朽的诗篇。大武汉是一座时光博物馆,见证了多少沧桑、多少灾难。如今,在我们这个天朗气清的时代,她还将收藏新的华章、新的诗篇。一位伟大的先行者,在这里点燃了中国近代革命的熊熊火焰;武昌起义的震天炮火,是划破旧中国漫漫长夜的炽亮雷电。这里记录着大武汉的光荣与不朽,这里镌刻着大武汉最辉煌的诗篇。曾经有多少人在这个尘世上寻找宁静,有多少人在这个世界上祈求和平。当古寺的钟声悠悠响起,当手上的香火正在缭绕,让我们一起为我们的城市祈祷:大武汉的明天会更好!

九

曾经是多么狭窄的道路,终于被我们这代人拓宽;曾经是多么单调的生活,如今也被我们装点得色彩斑斓。白鸥翔舞,有如凤凰来仪;雄鹰展翅,面向如画江山……让现代文明的春风,吹过我们所生活的每一寸空间;让小鸟的歌声、鲜花和绿树,伴随在所有老人和孩子的身边。让我们的生活里更多一些阳光和温暖,让我们的小区里更多一些宁静与平安。天地灵秀,风月无边。人间天堂,近在眼前。从这里,你将找到那些失落了的大自然的歌;从这里,你将找回自己儿时的梦,让一天水光送你重返风雨童年。我深深地热爱这三楚大地的秀丽乡村,爱着她丰收的禾场、金色的果园和欢腾的河流……这是我们生生不息的心灵的家园,这是我们忍受着艰辛、经受着风雨,用自己的智慧和勤劳的双手创造的幸福的日子,这是我们在奔往小康的路上迈出的最初的脚步。

只有一次生命

你是一朵小小的金蔷薇,暗夜里闪烁着生命的光泽。

年年秋风吹起时

寒来暑往,柳色秋风。亲爱的同学们,时光老人又从你们珍贵的学生时代匆匆带走了三载春秋。孩子们,到今天为止,你们的中学时代已经结束。仿佛一穗穗青的谷,在阳光和秋风里渐渐成熟;又像是一支支幼笋,突然间长成了挺秀的绿竹。亲爱的孩子们,你们可以自豪地说:"我们都是无愧于时光的人!"

当秋风吹起,你们都不能不告别自己的中学时代,告别你们的母校和老师,而走向各自要去的地方,就像一群群白额雁,就要同时离开自己的营地。而你们此去,也许就是十年、二十年,甚至整个一生!那么,亲爱的同学们,今晚,就让我们在母校和故乡浓绿的树荫下话别吧。

不要忧愁,也不要伤感。我们怎么能够忘记那些共同度过的日日夜夜!那映照着我们沉思的身影的星光和月光,那迎送过我们匆匆的脚步的校园小路,那足球场上的高呼和欢笑,那冬青树下的谈心和争吵,那秋草地上、太阳湖边的无边的遥想——十六七岁的欢快和十六七岁的忧愁, 如同白云般浮游在校园的上空……我想,所有这一切,都将随着岁月的推移而愈加清晰地闪耀在我们各自的心中,成为我们未来岁月里的点点温情和启示。

是的,一切都将成为过去,而那过去了的一切,将因为我们诚挚的怀想而变得可爱!

孩子们,我深深地理解你们。你们每一颗纯真的心里都有着很多很多美丽的憧憬与梦想。你们的脸上和心中都充溢着自信。你们黑亮的眼睛也许已经看到了未来的蓝天、高山、大森林,还有远方的城市、浪漫的大学校园、辽阔的草原、欢腾的工厂……相信吧,所有这一切都是属于你们的。这个世界唯有你们最有权利来做它的主人。为这一切自豪吧,快乐吧,你们不必有丝毫的胆怯、畏缩和逃避的心理。勇敢地去吧,向着你们各自的理想!

我还记得多年以前, 当我也像你们一样就要离开自己的母校,去远方寻找自己的前程的时候,我的白发苍苍的老校长,给我念过诗人何其芳的诗。今晚,那高昂的声音又一次在我心中回响:

生活是多么广阔。

生活是海洋。

凡是有生活的地方就有快乐和宝藏。

去参加歌咏队,去演戏,

去建设铁路,去做飞行师,

去坐在实验室里,去写诗,

去高山上滑雪,去驾一只船颠簸在波涛上,

去北极探险,去热带搜集植物,

去带一个帐篷在星光下露宿。

去过寻常的日子，

去在平凡的事物中睁大你的眼睛，

去以自己的火点燃旁人的火，

去以心发现心。

生活是多么广阔。

生活又是多么芬芳。

凡是有生活的地方就有快乐和宝藏。

　　我相信，漫长而壮丽的人生旅途会使你们的心灵变得丰盈而成熟，平凡而艰苦的工作也将使你们感到生命的力量和奋斗的价值。最美丽的与最欢乐的，必将与你们同在！

　　亲爱的孩子们，亲爱的朋友们，就在你们即将远行的日子里，有一段动人的话萦绕在我的心头：如果你们将来走上了工作岗位，要为祖国的繁荣富强，为中华民族的强盛和复兴而发奋工作，那么，你们就不能被重担压倒，因为这是为祖国、为民族的利益而奋斗！你们身上将会闪耀着崇高的光芒。那时，你们所感到的就不是可怜的、有限的、自私的乐趣，你们的幸福将会属于千百万人……

　　今天，你们带着理想和信念，带着我们的祝愿同秋天一起远去；将来，你们必将带着果实，带着歌声和捷报，披着满身的风尘，和更加丰饶迷人的秋天一同归来，回到母校，回到你们中学时代的绿荫下和草地上。而那时候，我们将在哪里呢？哦，那时候，我们将站在秋天的路口迎接你们,站在你们熟悉的讲台上等待你们！即使我们中有的人双鬓斑白了,或者有的人已经永远地躺下了,相信吧,我们的祝福仍将化为一朵朵永远飘荡在校园上空的深情的云彩，与大地、秋天同在,而且永远含笑,终生不悔！

　　我深深地祝福你们！这,就是我今夜的全部诗情,也是我发自内心深处的最美好的祝愿。

只有一次生命

一

我的生命的灯,永远为你亮着。亲爱的孩子,不久你也会长大的,你将用你自己那双黑色的眼睛,去分辨这个世界的色彩。

通向未来的道路,有多么遥远! 但在每一个重要的路口上,我都想为你留下一个站牌。你要记住,我所留给你的陈旧的一切,你尽可以破坏,但是所有的艰难困苦,却不要绕道走开。

花儿凋谢了,可以在下一个春天里重新盛开;大雁飞走了,明年还会返回来。而你的生命只有一次,亲爱的孩子,我愿你好好地去珍爱!

二

谢谢你们,亲爱的朋友,谢谢你们真诚的问候。

我苍老了吗? 曾经有过的激情已经消失了吗? 啊,不,不! 那金色的明天还在很遥远的峰巅上向我招手。

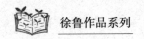

金色的太阳船仿佛停泊在子午线上,绿叶仿佛含笑在冬青树的枝头。我知道,我的梦想是辽阔的!我幻想着用我的一生去走遍大地青山,去读遍沙漠、沧海和绿洲……

一根鹰翅上的羽毛,会使我想到整个天空的辽阔,想到我的十四岁、十六岁的时候;一片小小的漂在湖面上的红枫叶,会使我看到成熟的生命之秋;而一棵绿色的三叶草,也将运载着我的梦想和心灵,在黄河以北、长城之外的大草原上漫游……

三

贫穷的日子里,友情宛如一只艰辛的小鸟,在寂寞的心灵与心灵之间艰难地往返,给我衔来一缕缕温暖的春光,为你送去一丝丝无声的安慰。

没有经受过饥饿的人,不懂得农作物的美丽;没有跋涉过沙漠的人,不懂得一滴水的珍贵。好孩子,只有经历过艰难的人,才能感受到快乐和幸福的滋味。

四

假如你要唱歌,那你就自由地唱吧!孩子,你不要犹豫,也不必羞怯。相信这个世界会理解你的,如大海理解小河的微波,风理解扬起的帆,天空理解试飞的小鸟,土地理解小麦的拔节……

你在寂寞的岁月里长大,为的是找到欢乐。纵然路上遇到了风雨,你也没有从枝头凋谢。你是一朵小小的金蔷薇,暗夜里闪烁着生命的光泽。

相信吧,亲爱的孩子,这一切也是属于你的:春天里开满鲜花的原野,夏日里漫天迷人的星辰,秋天里丰盈的收获……

五

只要是诚实的种子,总有一天能够萌芽;只要是蓓蕾,明天就会开成鲜花;只要是勇敢的翅膀,总会赢得辽阔的天空;只要是真诚的呼唤,总会找到善良的回答。

请你记住,亲爱的孩子,这世界有寒冷也有温暖,这世界有日出也有晚霞。这世界有虚伪和欺骗,更有真善美的存在。这世界很小,然而又很大!

六

真正的雄鹰总是盘旋在最艰险和最陡峭的峡谷与峰巅。只有那无比壮丽的雪山之上,才盛开着同样壮丽的雪莲。

让美丽的生命像自由的星体一样,运行到那未知的广阔太空之上吧!当一条鱼儿置身在精致的玻璃缸中,生命的目光将变得多么短浅、可怜!

月 光 小 巷

每天晚上,我都要去看看那条静静的月光小巷。

夜风起了,最后一群孩子的足音渐渐消失,整个小城暂时卸下了它一天的繁忙,这时候,无论多么劳累,我都愿意悄悄地放下书和笔,去看一看那条静静的、月光下的小巷。

在那条小巷里,有一个小小的门楼,里面住着我的一个可爱的学生。

两年前,她在毕业晚会上的甜美歌声令所有同学至今都还没有忘记……如今,那甜美的歌声突然被打断了,甜美的歌声,最后跌落在了一辆小小的、冰冷的轮椅上……

十几岁的她,再也不能和同学们一起去春天的郊外奔跑了,再也不能去采一束金色的迎春花放在老师的窗口上了,再也不能去教低年级的小同学跳"金梭和银梭"了……

孩子的不幸也使这小巷变得那么安静和沉默。在那条小巷里,再也难以见到那个蹦蹦跳跳的可爱身影,再也难以听到她那甜美的歌声了。我们的日子,仿佛失去了一些什么。

可是,当数不清的晶莹的眼泪在谁也不知道的夜晚里流完了之后，我们可敬的孩子又奇迹般地抬起了她那美丽的目光。她是那么平静和坚毅，就像顽强的太阳花，在夏日的大雷雨之后，默默地、娇艳地开放了。我们的小巷又听到那熟悉的天使般的歌声了，像从前一样。

是的，我们美丽的小女孩又悄悄地把许许多多美丽的梦想和美丽的日子，轻轻地呼唤到了自己的身旁。

而我，每天晚上，总要去看看她那小小的明亮的灯光。我知道，我是去那里悄悄地向一颗幼小而坚强的心致敬和说声"晚安"，我是去那里默默地感受一种既弱小又强大的意志和力量！

我深深地感谢这个可敬的孩子。远远地看到她窗口的灯还在亮着，隐约听见她那银铃般的歌声，我的心里怀着最美好和最温暖的祝福——

愿你，愿你们，不论在怎样的不幸与艰难面前，都能够永远坚强、快乐地向前！

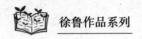

写给女儿的一封信

亲爱的宝贝：

　　时光真是快如白驹过隙，转眼间你已长成亭亭玉立的大美女了，作为爸爸我真是感到自豪啊！可是我相信，在爸爸和妈妈的心里，无论你长多大了，永远都还是个孩子；无论我们变得多么老了，只要看着你，我们的意识就还没有休息，也没有完全放手的权利。

　　亲爱的孩子，深夜在书房里独坐，我回想往事，二十多年前的那个夏天，在爸爸正式调到武汉工作的那天，我用肩膀扛着三岁的你，手里提着简易的行李，从现在的三官殿那里蹚着水走到东亭路上的出版社大楼去报到的情景，仍然历历在目。仿佛是转眼之间，当年那个总是喜欢骑在我脖子上的小公主都已经大学毕业，而且也当起编辑了，我还能觉得自己没有老吗？

　　京剧《红灯记》里铁梅的父亲有句唱词："有件事几次欲说话又咽，隐藏我心中十七年。"亲爱的宝贝，爸爸的心里也有一件事，隐藏在心里也有二十年了，不思量，自难忘，每次想起来，心里就觉得羞惭难当，愧疚不已！

　　那是在你两岁多的时候，那天，你妈妈出门办事了，嘱咐我在家里看护着你。当时我正在赶一篇文章,就把你安置在床铺中间,四周还用被子和枕头围了起来,像一个小小的方城一样,而且还在床边放了一排藤椅,自以为万无一失了,便独自埋头写作去了。

一开始时,你独自玩得还挺开心,坐在浅浅的"城池"里,摇着能发声的布娃娃,自得其乐,还咯咯地笑着。我偶尔回头看看你,觉得十分放心。可是没想到,你在那小小的方城里没坐多久,就有点不安分了,悄悄爬过了枕头和被子,爬到了床沿边,接着,又爬到了床边的藤椅上……而这整个过程,我都没有注意到。等到我突然听到"扑通"一声,急忙回头时,我才大惊失色——你已经从藤椅上翻落在坚硬的地板上了!

"点点,点点……"我连忙惊慌地抱起你来一看,吓得几乎六神无主了!这时你已经昏迷过去,小眼睛直翻,没有一点声音了!

"点点!快醒醒,点点!"你现在可以想象一下,爸爸当时的喊声里都带着哭腔了。我当时唯一的念头就是赶快把你送到医院去抢救!我顾不得别的了,紧紧抱着你,三步并作两步地向楼下冲去。当时咱们家住在三楼,我不知道自己是以怎样的速度冲下那三层楼梯的。我当时脑子里一片恐惧和紧张,仿佛正在和死神争夺你——我的宝贝!

等我抱着昏迷的你冲下楼梯,刚刚冲出大门口时,我听见你"哇"的一声哭了出来!再看你时,你黑亮的小眼睁开了,也重新有了知觉,好像感到了身上的疼痛,也记起了刚刚发生的事情,你紧紧地抓着我,委屈地大哭着……

谢天谢地,我的宝贝总算没有什么生命危险!后来连续好多天,我都在悄悄地观察你的一举一动,生怕那次重重的一摔给你留下脑震荡之类的后遗症。还好,最终我没有发现什么异常。懵懂无知的你,好像很快就忘记了这场遭遇,重新一天到晚咯咯咯地笑个不停。我终于在心里长长地舒了一口气!

不过,这件事虽然有惊无险,却使我至今一想起来就觉得后怕。假如当时你真的一口气没有上来,那后果就不堪设想了。我甚至不敢去想象,假如真的失去了你,爸爸还有没有勇气继续生活下去。

因为害怕你妈妈的埋怨,也为了不让她担心,这件事发生后,我一直瞒着她,也没有对家里任何人说起过。爸爸也实在是没有勇气说出来。但它从此成了藏在我心中的永难抹去的愧疚。它留在爸爸心中的教训和隐痛是深刻和长远的,今生今世我是不会忘记了。它将时时提醒着我作为一个父亲神圣的责任;它将常常告诫着我:你的孩子在成长,你,绝没有松懈、休息的权利,哪怕一点点的粗心大意都不可以!不然,就是你的失职!

此刻,我也想到了在你十四岁那年我写给你的一些话。言犹在耳,我觉得,这些话仍然值得重温和记取:

　　……你还不知道什么是冬天,你还没有经受过冬日的寒冷和悲伤。冬天过去了之后你才来,你是一朵小小的含笑花,你刚刚开放。你是美丽的迎春和雏菊的伙伴。你的眼睛比早晨的露水还要单纯和明亮。你蹦蹦跳跳地唱着你的十四岁的歌,你自由地漫步在你十四岁的金色的草原和广场上。你挎着一只空空的叫幻想的小篮子,去采摘草莓果一样新鲜的日子。你有着一双小小的充满梦想的金凤蝶的翅膀。你用你纯美的心去问候每一朵小花、每一颗小星、每一片树叶，和孤独地挂在小路上空的红月亮。你把枝条般的手臂伸进春日的小溪里，你轻轻地撩乱了自己小小的影子。你又仰起头来出神地看那风与白云一块儿在无边无际的天空飞翔，越来越远，飘到了你再也看不见的遥远的地方。这时候，你也不知道还有一个美丽而神圣的地方叫故乡。那里有巨兽般的大山和绣眼鸟，和锡纸一样透明的云层，高大的皂角树遮掩着一个小小的轮子一样的村庄。你不知道是谁曾经遗弃了它，也不知道那里的水多清、山多高，有些什么样的树在秋天的田野里生长。你不知道忧愁是什么滋味。你跨过的第一道门槛是明亮的。你还只是走在你明亮的绿茵茵的生命的草地上。你快乐地走着，却不知道你要从这里走到什么地方。

有一条小路很长很长。星星和云一同覆盖在我们的头上。夏天也会来临的，就像一位陌生的客人，它将突然闯进你安谧的梦乡。而每一棵从春天里走来的树都要让夏天的风梳理它每一片珍贵的叶子，夏天迅猛的大雷雨也将激荡着每一条被遗忘的山谷。就像柔弱的半支莲，必须开在那灼热的夏日的墙头，你也得走进这些严肃的日子，从弱小渐渐变得坚强。当雨季来临，涨水的河流会吞没你幻想的沙土城堡。你第一次的梦想，也许会化成泡沫在水上孤独地漂荡。黑夜的道路将无比坎坷，突如其来的闪电会让你突然看到前方的空旷，并且一点一点地夺取你最后的希望。你将离亲人和伙伴越来越远，你将长久地听不见呼唤、找不到方向，只有雨水夹着绝望一滴一滴地敲打在你疲惫的心上，渐渐地增加着你跋涉的重量。但你必须不停地向前走着，亲爱的孩子，世界如此浩大，需要你的内心足够坚强。你只有坚强地向前，才能到达你想去的地方。前面的路还很远，你真正的快乐，永远在那辽阔的地方。

亲爱的孩子，纸短而情长。现在，爸爸鼓足勇气，把藏在心中的愧疚写出来，也是为了让所有的父母引以为戒。同时，也向当时无力诉说和抗议、现在已经长大的你说一声："真的对不起啊，宝贝！"为了那一时的疏忽和过失，爸爸愿意用毕生的谨慎和付出来弥补。

永远爱你的爸爸

写给南京的小朋友们

亲爱的小朋友们：

你们好！春天快乐！

春节前，我收到了庆庆老师、陈月红老师寄来的，你们写给我的那么多美丽、有趣的书信，还有你们精心创作的好玩的图画。这是我新年里收到的最珍贵的礼物，也是我一生中最值得珍藏的、让人感到快乐和美好的一笔精神财富。虽然我们没有见过面，但通过我的书，通过你们认真的阅读，我们认识了；我也从你们写的每一封书信中的句子、字迹和图画中，想象过你们每个人的样子和声音。我觉得，你们每个人都像是我自己的孩子一样可爱可亲，你们都是我的阳光宝贝，是这个世界的宝贝！我从心底里深深地感谢你们！你们的每一句话，都给我带来了无限的快乐、温暖和力量！我一遍遍、一封封地读着你们的信，给我自己听，也读给我的家人听。读到好玩和幽默的地方，我和全家人都会开心地大笑起来！这就是说，你们的信写得非常好，有的优美，有的好玩，有的充满豪气，一看就知道是小男子汉写的；有的又那么细致、秀气，一看就是小美女写的。无论是谁写的，我都那么喜欢！这些书信都那么纯真、诚恳。你们的文字和图

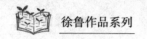

画,将永远陪伴着我度过未来的漫长岁月。等到我老了,不能写作了,我还会拿出这些书信来,让我的家人和孩子再念给我听。我会觉得,因为拥有你们写给我的信、送给我的祝愿,我比世界上任何人都要幸福,都要富有!

亲爱的小朋友们,请你们原谅我不能一一给你们写回信。这几个月来,我一直在写一本新书,写的是在遥远的罗布泊沙漠深处,在六十多年以前,一批中国大科学家在那里隐姓埋名,研制新中国第一颗原子弹的故事。那时候,他们当中有的人家里的孩子正像你们现在这样的年纪。他们被称为"罗布泊的孩子"。我的新书书名就叫《罗布泊的孩子》。我在书里写了那一代孩子和他们的科学家爸爸妈妈的故事。等我的新书写完了,出版了,我一定多买一些,送给你们作为纪念。因为是你们温暖和美丽的书信,伴随我写完这本新书的。

英国有位大诗人说过:"儿童才是成年人的'父亲'。"这是什么意思呢? 就是说,在有些事情上,有的时候成年人也应向孩子们学习,成年人应该经常"返回童年",想想自己的小时候。亲爱的孩子们,你们的书信也让我想起了自己的小时候;你们的文字和图画,也带着我返回了自己的童年。所以我还应该感谢你们:你们的书信,也给我的写作带来了美好的灵感和力量!我会好好写,加油,写出更多的书!

在这里,我也真诚地祝愿你们每一个人健康、平安、快乐、幸福地成长!你们的老师——庆庆老师、月红老师,都是我所认识的最优秀的老师,像你们的妈妈一样爱着你们,细心地疼爱和呵护着你们!因此,你们的童年时代是幸福的,我从心底里羡慕你们。

　　我还想对你们说的就是：你们在老师的引导和影响下，都爱上了文学阅读，都喜欢去读一些优美的儿童文学书、图画书和科普书，这是非常好的选择。书是一个人童年时代最好的伙伴。从小爱上阅读，这将是一生的幸福！因为喜欢阅读，我才能认识你们；因为你们喜欢书，我也就有了更多的写作热情和动力。我祝愿你们将来无论走到哪里，都能拥有一位永远的、不离不弃的好朋友，那就是美丽的书！

　　孩子们，我觉得心中有对你们说不完的话，但我只能写到这里了，因为再继续写下去，我担心你们会觉得我太啰唆了。最后，我还想祝愿和期待你们好好读书，好好学习，不久后的一天也能成为一名作家，和我一起来为新一代的小朋友们写书。因为从你们的书信里，我看到了一些文学的小种子在闪闪发亮，我看到了一些文学的小花苞正在悄悄绽开。祝愿你们——未来的童话家、小说家和诗人们！

　　祝你们天天幸福快乐，天天进步向上！

　　再次深深地感谢亲爱的小朋友们！

你们的朋友：徐鲁

写于 2014 年 2 月 20 日

雨夜来访的少女

我认识的那位少女远去了。

那么美丽而年轻的、怀着迷人的梦想的一位少女！她的生命就像初春的田野上的苹果树。

她的小墓孤零零地、安静地立在那里。

黄昏的星星正从那里的田野上升起来，仿佛正在为她点上一盏小灯。

可是她却不能回来了！

有谁看见过她最后的纤弱身影？她最后的纯净和黑亮的眼睛，是怎样留恋和祈求着那些未来的日子……

一本她还没有读完的书——屠格涅夫的散文诗集《爱之路》，留在我朴素的书桌上。

一个电光闪过的大雷雨之夜，美丽的少女，你的第一次来访，竟也成了最后的来访！

亲爱的朋友，你去了哪里？你在那里还好吗？

你不知道，我是怎样地想念你啊！

而每一次想起你来，我的心里又有着怎样的痛楚……

教师节小札

一

今天,你在这块土地上留下浅浅的足迹。

等到明天,你的名字就会写在伐木者和收获者的诗歌里。

二

祖国教给我一支朴素而又美丽的歌,我把它唱给了孩子们。从孩子们那儿,我得到了一束小小的充满信念的花。

我要把它献给你。

三

孩子们,当春天来了,我的心灵的草地将因为有你们小小的足印踏过而更加青翠。

四

滋育着草叶的露水,你的梦即使破灭了,你仍然是幸福的。

因为,你将在泥土下或空气里看到——

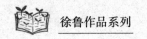

那些茁壮的、蓬勃的草叶。

五

你对你沉默的乡村说:

"孩子们举起的手臂,是一片正在生长的大森林……"

孩子们把你最温柔的眼睛讲给自己的妈妈听:

"老师的眼睛,是最美最美的天鹅星……"

六

愿你的身影,汇于这美丽的人海之中。

我愿从前进的脚步声里,听见你对我的最亲切的呼唤。

七

我们将用园丁般的目光去发现,并用我们充满温情的手去采摘,那些苦涩的最初的果实。

但是我们,将留给孩子们一段最甜美的记忆。

八

诗人啊!

你从那忧郁而狭窄的屋子走出之后,将看见最美丽的群星……

九

等到黎明来了,少女们会捧着美丽的野百合献给你,并且自豪地对你说:"这是山里的春天的礼物。"

十

我站在山冈上呼唤远方的朋友。

我同时在想象,朋友们也会站在远处的山峰上呼唤我。

十一

我们生活的天地是狭窄的,但我们的心灵广阔。

沿着泥泞的道路向前走去,我必将找到生命的欢乐和幸福。

十二

我愿我的心是一片丰沃的土地,默默地盛开你所期待的花朵。

十三

请便吧,岁月。

你可以窃走我的健康和欢乐,可以使我的青丝变成白发,甚至可以改变我的容颜,摧毁我的肢体……可你无法使我的热情变得冷漠,无法窃走我灵魂深处的爱的歌声和信念的火焰!

十四

最弱小的花蕾,也渴望着盛开。

含苞未放,不是故意要错过季节,只因为她的心中,还有所期待。

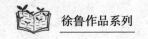

十五

请你记住，亲爱的孩子，绿树不会对着世界大唱悦耳的歌曲，但全人类都从它们身上听见了最和谐的旋律。

平凡的泥土，也从来不在乎自己哺育的绿草和鲜花有一天会覆盖住自己。最美丽的东西，也许有一天就会和最不幸、最平凡的经历画上等号。

诗人和少女

这是一位老诗人给我讲述的,一个发生在五十多年前那个奇异年代里的故事,我把它如实记录下来,但愿能给今天的少男少女们带来一些感动和启示……

1958 年的某一天,中国北方一座城市的大戏院里座无虚席。观众席上,有一个穿着又脏又破的棉大衣、戴着大口罩、帽檐低低地压到眉际的老农民模样的人。他一动不动地缩在自己的座位上,默默地看着台上的演出。

谁也不会想到,这位"老农民"不仅是这座城市的一位知名诗人,还曾经是这所有名的大戏院的经理。

这时,在他后面离得不远的一排座位上,有一位少女却正在左挪右挪地打量着这位"老农民"。他的背影,她好像很熟悉,但又不敢肯定。当演出快要结束时,"老农民"默默地起身,低头快步走出了戏院。他是要趁着灯光未亮的时候赶紧离开剧场,免得被熟悉的人看见。当他孤单地走在宁静的林荫道上时,一声细小的呼唤从他背后传来:

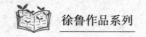

"……鲁老师!"

他有点怀疑自己的听觉,但那声音又分明是在叫他。他一时无法判断这是谁的声音。

"您是鲁老师吧?"

那细小的声音终于追了上来。一双小手轻轻地扯住了他的衣襟。

他转过身来,只见一位亭亭玉立的少女正微笑着站在他的面前,用一双似有期待的眼睛静静地端详着他……

他觉得好像在哪儿见过她,但又有些陌生。

"老师,我是西颖呀!"女孩大声地说道,眼泪也随之盈满了眸子。

"啊,刘西颖……你是那位换开关的小女孩!"

已过中年的诗人惊喜地望着眼前的这位少女。他做梦也没有想到自己还会遇上这位女孩子。

他的眼前一瞬间闪过了几年前的一幕——

那还是新中国刚刚成立的时候,在诗人工作的单位对面,有一家小小的电料行,十二岁的小女孩刘西颖就住在那里。

那时候,这个美丽的小女孩幻想着能当一名演员。她常常帮父母到诗人所在的文化单位去,给那些文艺界的人换换开关、修修电灯。诗人那时才三十几岁,在这座城市里却已几乎家喻户晓了。他身材颀长,为人慈爱,气质不凡。在十来岁的小女孩心中,他是一个高大英俊的人,一个"偶像"。

小女孩第一次见到诗人,是听从父亲的支派,去给诗人家换一个开关。她第一次和一位诗人面对面地说话，心里感到有些慌张，但她同时也觉得是多么的幸福！

诗人倒水给她喝，又拿了一些用彩色纸包装的糖果，给她装进小口袋里，然后亲切地问她几岁了，在哪里念书。她脸色红红地回答说："十二岁了，上小学六年级。"

"哦，比我女儿大一岁。"诗人看着小女孩熟练的操作，一边为她扶着叠放的椅子，一边在心里默默地赞叹："真是穷人的孩子早当家啊！"

他知道，小女孩的家境并不好，所以这么小就开始帮父母干些力所能及的工作了。

小女孩换好了开关，诗人问她有什么困难需要帮助，小女孩毫不掩饰自己的想法，告诉诗人说："等我考上初中后，就怕分到离家很远的学校去读书，那样放了学就没法帮爸爸干活了！"

诗人把小女孩的话默默地记在了心里。

小女孩看着诗人的书房，惊讶地说："这么多书呀！"

诗人便选了几本适合她读的书送给她，说："这是丹麦的大童话家安徒生写的书，非常美丽的童话，应该好好读呀！"

他们就这样熟悉了。

一位著名诗人和一个十二岁的小女孩。

他称她"孩子"，她称他"老师"。

一次次地，小女孩从老师那儿借阅了不少文学书籍，小小的心灵渐渐进入了一个开阔、美丽的文学天地。她崇拜这位诗人老师，开始默默地抄写和收集老师的作品。慢慢地，她知道了，诗人曾在越南

度过艰辛的童年，后来又流浪着，做过小贩和码头上的过磅手，在异国他乡送走了艰辛的童年和少年，直到十六岁才回到祖国。

青年时代，诗人去了当时的革命圣地延安，在延河边和宝塔山下写了许多美丽的诗歌，歌唱祖国，歌唱抗战，歌唱生活。

她把他的一首著名的小诗抄写在了自己的纪念册上："老是把自己当作珍珠，就时时有被埋没的痛苦。把自己当作泥土吧，让众人把你踩成一条道路。"

这首小诗题名为《泥土》。她也从诗人的另一首名为《第二代》的诗歌中看到了诗人博大的爱心："我的孩子用小手拉着我，我和她就走到山下。孩子在田野里跑来跑去，我蹲在地上望着她。阳光照着她的两个红颊，像两支火炬映射着我黑暗的童年。啊，我感到幸福。今天，我们开始劳作，播种着幸福给我们的第二代……"

作为"第二代"的小女孩读着这些诗歌时，她也感觉到了一种深深的幸福和快乐！

然而，单纯的小女孩没有想到，不久，一场奇异的风暴刮到了她的面前。她所敬爱和崇拜的老师突然被打倒在地，遭到了抄家和隔离审查。她更没有想到，仅仅因为自己收集和保存了老师的一些书籍和作品，她便被公安局叫去接受审查了。当时她刚满十六岁。

这是她人生中第一次被别人强行和另一个人联系起来。她被带进一间小黑屋里，那些人天天问她："你同他是怎样认识的？他对你说过什么？做过什么？……"

是啊，他们是怎么认识的？说过什么又做过什么？她回忆着，回忆着，眼前总是闪过他的音容笑貌、他的书、他讲的安徒生爷爷的故事,还有他那慈爱的父亲般的鼓励和关怀……

温暖的回忆使一切变得更加清晰和亲切了。那些人的审问不仅丝毫没有改变她对他的看法,相反,他的形象在这位十六岁少女的心中变得更加完美、更加高大和可敬可亲了。当她终于被放出来时,她好像突然变得成熟,不再是一个孩子了。

之后,她便天天到诗人原来的单位去打听他的下落。她想念他,想得心焦。她已经十六岁了,她觉得,自己深深地爱上了这位父亲一样的诗人和男人了。她从未想过他是位有妻子和女儿的大人,她把他看成自己的一位永远的心灵上的朋友,心灵上的引路人。

但她根本无法知道老师的下落。最后,诗人的一位画家朋友很同情她,悄悄地告诉她:"你别再问了,他回不来了!"

这消息使十六岁的少女仿佛挨了当头一棒。她回家痛哭了整整一夜。此后,她再也没在诗人的单位里露过面。谁也没有注意到,这个无名的小女孩悄悄消失了。而伴随着她的,唯有诗人亲切的音容笑貌、诗人的美丽诗歌,还有他送给她的书……

在大戏院的不期而遇,使步入老年的诗人和已经长大的少女都感到万分喜悦。而这时,诗人已经接到通知,要到一个很遥远的农场去劳动了……

此时,他满怀深情地看着多年未见的、已经长成大人的西颖,欣慰地拍着她的头,仍然像一位慈祥的父亲一样,说:

"好啊,真好啊,长大了! 好孩子,抬起头!"

说这话时,他的眼里已经噙满了无声的泪水。在他的心中,西颖的再一次出现就像暗夜里的一颗星星,像泥土里的一粒珍珠,重新发出了光芒。她善良的心灵的光芒,照亮了他更为艰难的前程,也温暖着他老迈而孤独的心。

一番依依不舍的长谈之后，诗人带着这个年轻女孩的柔情,带着这来自自己为之奉献了大半生的"第二代"的温暖和情谊,默默地走向了那正在远方等待着他的、更坎坷和更漫长的人生之路。

他明白,在真正的春天到来之前,他们将不能再相见了。

这时候,善良和坚强的少女却在心中默默地说道:"老师,您又要离开我了……但我会永远等待着您,直到……永远！"

也正是从这一刻起,女孩在心里默默地对自己说:"你,刘西颖,你一定要勇敢地、坚强地、好好地生活下去,任何事情都不要畏惧,不要让敬爱的老师失望……"

一棵珍贵的红枫树

美丽的庐山被人们称为"大自然的百科全书"。有人曾经形容，就是把汉语字典里所有"木"字旁和"草"字头的词语都拿来，也不可能说尽庐山的奇花异树。这里生长着几千种树木、绿草和花卉，它们使整个庐山的空气总是那么新鲜清新，让每一位登上庐山的游人都能真切地感受到大自然的美丽、丰富和神奇。

这里还拥有一座闻名全世界的植物园：庐山植物园。它创建于1934年，是一座名副其实的"百花园"，里面生长着3400多种植物，光是杜鹃花就有300多种呢！

我国著名植物学家陈封怀先生，被人们誉为"中国植物园之父"，是庐山植物园的创建人之一。植物园创办初期，陈封怀还很年轻。他骑着一匹小毛驴，连续几年，无论是刮风下雨还是酷暑严寒，始终如一，踏遍了庐山的每一条沟谷、每一片山坡，对庐山上的各种植物了如指掌。

不久，这位年轻的植物学家又考入英国爱丁堡皇家植物学院，去那里专攻园艺学和报春花分类学。两年后，他谢绝了英国导师的盛情挽留，毅然返回了自己的祖国，返回了庐山。他对自己的导师说："报春花的故乡在中国，我的根也在中国。"回来的时候，他舍弃了自己所有的行李，却带回了600多种植物标本。

可是，就是这样一位忠诚爱国的科学家，为了保护植物园内一棵珍贵的红枫树，竟然差点吃了国民党特务的枪子儿呢。

原来，蒋介石和他的夫人宋美龄都很喜欢庐山。夏天时，他们会到庐山上避暑。有一次，蒋夫人在植物园游玩的时候，看中了一棵美丽的红枫树，就随口对身边的随从说了一句："这棵大枫树要是栽在'美庐'就好了。""美庐"是她住的那套别墅的名字。

既然总统夫人喜欢这棵红枫树，随员立刻就找到了当时担任植物园主任的陈封怀商量，要把大树挖走。可是，这位植物学家当即严词拒绝了。随员说："陈先生，您可别忘了，当初创建植物园的时候，夫人还捐了两千大洋呢！现在想要一棵树就这么难吗？"

陈封怀先生回答说："两千大洋，我们马上奉还，可是，枫树绝不能挖走。这种珍贵的树种，只应该生长在国家的植物园里，任何人都不应该独自占有。"

后来，随员们又找到与陈封怀是世交的庐山行政长官出面宴请陈封怀。可是，陈封怀一听到"枫树"二字，起身就走了。后来的几天里，被触怒的随员们就派特务跟踪陈封怀，说是只要"上峰"发话，就一枪干掉他。

后来，蒋介石怕把事情弄大了影响自己的声誉，就对手下人说："算啦，陈封怀只是个植物学家，庐山还有别的红枫树，给夫人去另找一棵吧。"这件事情总算平息了。

一位植物学家，为了一棵红枫树，敢于冒着生命危险拒绝当时的"第一夫人"的自私要求,这让我们看到了一位正直、爱国的科学家的铮铮风骨。

陈封怀去世后,遗体就安葬在庐山植物园内的一个僻静的山脚下。他把自己的生命,与他一生所热爱的庐山植物、庐山植物园融化在了一起。

他的心血和生命也化作了庐山植物的养料,化作了庐山春天里火红的杜鹃花、夏天里的七里香、秋天里的红枫树。

有一年夏天,我带孩子去庐山避暑。在庐山植物园里游玩时,我很想看一看当年"第一夫人"看中的那棵珍贵的红枫树。可惜我没有找到它。也许是因为这里的枫树品种太多了,我觉得这里的每一棵枫树,无论是大的还是小的、高的还是矮的,都是那么美丽、那么珍贵!

从植物园回到旅馆后,我写了一首抒怀的诗——《一棵小枫树》:

黄昏的星星从旷野上升起来了,
照亮了从山谷通往村庄的道路。
跳过一团团美丽而安静的积水,
我要走回到自己的村子里去。
我听见妈妈站在村口呼唤我,
不要,不要忘了回家的路。

有一棵青青的小枫树站在旷野上,

就像一个孤独的、没有家的孩子。
它站在旷野的暮色里向我招手，
小小的五角枫叶像美丽的手指。
我仿佛听见它在低语："我也多么想，
多么想回到我山谷里的家乡去。"

沧桑的碎片

秋日的一天,我和欣儿电话约好,在一家名叫红苹果的快餐店里见面。我们虽然居住在同一座城市和同一个城区里,而且也算同行,但相互见面的机会却是那么少。屈指一算,这次见面离上一次相见竟有两年半的时间了!这一方面是由于我的不善交际,多年来即使是和一些好朋友之间也疏于来往;同时也因我们各自生活的匆忙,人与人之间隔膜日深。

那天,红苹果快餐店里异常安静。欣儿好像比两年前更年轻和漂亮了。她不无自豪地大谈了一番她所供职的那家杂志社的良好前景。她说,有好多次,在湘西或陇南等地的一些偏远小镇上,她都看到了自己编辑的杂志,每当这时候,一种异常的亲切感和由衷的喜悦往往使她沉醉,让她忍不住自己也做一回陌生的读者,掏钱从书亭里买一本自己编的杂志。

看得出,她对自己的工作充满了热爱。翻看着她带来的一册精装的杂志合订本,我看到了许多熟悉的作家的名字:韩少功、舒婷、丹晨、何立伟、刘心武,等等。欣儿说,新的一年里为她撰稿的作家有王蒙、李国文、丛维熙、张抗抗,等等。我开玩笑地说:"欣儿你可真有本事！"她说，全凭一颗"红亮的心"——像大马哈鱼历尽艰辛，从海洋洄游到自己遥远的故乡那样执着的精神。

我知道，她曾经写过一篇散文，题目就叫《大马哈鱼的执着》。她从电视上看到，千万条大马哈鱼顶着风浪，冒着洄游途中经常出现的自然的和人为的灾难，义无反顾地向目的地挺进……她不禁被大马哈鱼们的无畏和坚忍不拔的勇气所震撼。我明白，她是以大马哈鱼的精神来从事着她所热爱的编辑工作的。

然而更使我惊奇的是，几年不见，欣儿在成为一名优秀编辑的同时，还成了一位颇有成就的散文作家。这次见面，她也带来了厚厚的一大本散文作品剪贴，包括她为自己的杂志写的卷首专栏"时代心情"，为"心灵不设防"专栏写的一组《欣儿日记》，还有发表在别的报刊上的美丽的散文和随笔。和时下流行的、被评论家称为"小资散文"的作品不同的是，欣儿的散文没有沉湎于那种过于甜软、琐碎和温柔的情调之中，而是显示着一种诗化的空灵和清新，有时也荡漾着一缕缕醉人的书香。这些散文，就像人在旅途中灿烂的一回眸，是陈年的泪水酿造的滋养心灵的甘露，是风雨黄昏中恰到好处的一把老藤椅。

欣儿在她的文章里多次写到巴乌斯托夫斯基笔下的那个"金蔷薇"的故事，她为那个老清洁工沙梅的善良与真诚所感动。她说："突然有那么一天，在慨叹生命的有限、欲望的无穷、我们从哪里寻求生活的意义和价值时，我突然记起了可怜的沙梅，想到了那朵金蔷薇。"

生活教她懂得了尘土变金的秘密。她说，生活中每一次步履的移动，每一次霎时的笑容，每一个偶然投来的机遇和心底的流盼，每一种深刻或昙花一现的思想，人类心灵的每一次细微的跳动，你每一个日子中小小的付出和每一次汗流满面的劳累，同样，还有梨花的芬芳，或映在静夜水池中的月牙和星光——都是金粉的微粒——在我们周围飞扬。那么多尘土，在某一天就变成了金子。

毫无疑问，已经有过"沧桑"经历的欣儿，正是一边簸扬着生活的尘土，筛选着时光的金粉，一边和着生命的心血，沉淀和铸造着自己的美丽的金蔷薇。她谦和地称自己的文字是一些"沧桑的碎片"。她说，她用心捡起这些日子的碎片，就像捡起了树上飘落的叶子。它们曾经青绿、枯黄过，它们给生命提供过水分、阳光和微风的响声，它们为生命之树的年轮装点过宁静和神秘，它们也曾经与往昔告别并召唤未来……欣儿说，她捡起它们，写下它们，有时是为了掩埋故事，有时又是为了使昨日重现。

"我知道，留住每一秒钟不等于就留住了生命，却可以留下每一秒钟对生命真谛的记忆——昨日重现。"她说。

读着欣儿的散文，想象着她的经历、她的日常工作和生活趣味，我想到了一位诗人的话，他是这样请求世人的："你们不必把我作为一个诗人来赞赏，你们把我作为一个正直的人来尊重吧。"

把这句话稍做改动："你们不必把我作为一个散文作家来赞赏，把我作为一个热爱生活的人来尊重吧！"这也正符合欣儿对朋友的请求吧？

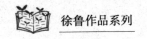

早春的草叶

1980 年,我在武汉师范学院咸宁分院念书的时候,有幸听过著名语言学家唐作藩先生的一次学术讲座,至今难忘。当时,我除了狂热地迷恋着文学,还对语言学和音韵学产生了相当大的兴趣。也许这两方面的爱好原本都是为了一个理想:有朝一日能成为一名诗人或作家。总之,当时我已不满足于阅读王力先生那本有名的《诗词格律》的小册子了,而是不知天高地厚地买回了他的另一部厚厚的、精装的《汉语诗律学》啃了起来。

现在想来,那真是"初生牛犊不畏虎"。而且不久后,我竟又大言不惭地写起关于音韵问题的文章来了。现在我所能找到的我的第一篇在公开刊物上发表的习作,既不是诗歌,也不是散文,而是一篇谈论诗歌中的双声叠音的小评论《叠音词的巧妙运用》,发表在当时颇有名气的文学杂志《汾水》月刊 1981 年第五期的一个叫"艺林折枝"的专栏里。

在这篇小东西之后,我又陆续发表了几篇关于诗词格律和汉语音韵方面的小文章。它们最直接的,或者说唯一的价值,是为我这个穷大学生换回了不少买书的零用钱。我当时所拥有的《莎士比亚全集》《约翰·克利斯朵夫》《红与黑》《九三年》，还有《历代诗话》《人间词话》等名著，都是这些谈汉语的小文章给我换来的。

我的第一首儿童诗《悄悄话儿》也是在 1981 年发表的，在上海《儿童时代》半月刊上。非常惭愧，那一期的目录上没有出现我的名字。我的小诗被编在一个内容近似的诗辑中，目录上的作者名字只有"圣野等"的字样。人微言轻，这一个"等"字，把我给"等"掉了。好在正文中我的名字和那首习作赫然在目。诗很短，也很蹩脚，因为这是我最早的儿童诗。我一直保存着这一期薄薄的《儿童时代》。她是我儿童文学创作的最初的草叶，虽然稚嫩，虽然拙朴，却也带着早春晶莹的露珠和清新的气息。我的儿童文学之路，是从这一首小小的童诗开始的。

几个月之后，1982 年 5 月，当我即将从师范学院毕业，正在鄂南一所中学实习的时候，一本崭新的《布谷鸟》杂志又寄到了我的手上。我的一组抒情小诗《一束小山花——一个青年教师的手记》发表了。我自己觉得，这一组抒情小诗比《悄悄话儿》写得要漂亮些了。

例如其中的第二首《夜莺在歌唱》：

> 黄昏收拢了飞鸟的翅膀，
> 夜莺却在深夜的星光下歌唱。
> 她唱着，歌声充实了多少人的美梦，
> 她唱着，歌声里充满对时光的渴望！

再如第四首《播种》：

听窗外春雨匆匆的脚步，

我思念那冬天里荒废的土地。

走吧，我们立刻就去播种！

否则，我们又将收获叹息，

并且咽下悔恨的泪滴……

现在看来，这些小诗显然还带着 20 世纪 80 年代初期大地回春、思想的冻土正在松解的时代精神。

1987 年，我把自己已经发表的和尚未发表的一些校园抒情诗歌——我的诗歌创作的最初阶段的收获（约 70 首短诗），编成了自己的第一本诗集，题为《歌青青·草青青》，寄给了我心目中出版儿童图书的最高级别的出版社——中国少年儿童出版社。

幸运的是，我碰上了两位极其热诚和负责的编辑老师：一位是著名儿童文学作家王一地先生，他当时是中少社的领导；另一位是谷斯涌先生，也是一位儿童文学作家。几乎没费什么周折，我很快就收到了该社拟出版我这本校园诗集的通知。谷斯涌老师还在回信上列了几个名字，记得有邵燕祥、韩少华、韩晓征、樊发稼等，说是可以由他出面去约请其中一位来为这本诗集写一篇序，人选由我来定。虽然我在心中对邵燕祥、韩少华、樊发稼这些著名诗人、作家是那么景仰与向往，但我犹豫再三，觉得自己的诗实在不配请名家作序，最后我选定了当时还在北京二中念书（不久考入北大中文系）的少年作家韩晓征（作家韩少华先生的女儿），我觉得请她来写一篇序也许更合适。

晓征不久就写了题为《挚爱与怀念》的序言,那是一篇非常漂亮的散文。那时候复印机还没普及,为人周到的谷老师特意把序言手抄了一份寄给我,让我先睹为快。1989 年 11 月,我的这本小书带着晶莹的露珠在北京出版了。谷老师亲笔为这本诗集写了一段充满鼓励意味的"内容提要":

收在这个集子中的 68 首诗,是年轻诗人抒写校园情趣和中学生生活的短章,有美好的憧憬和热切的向往,也有挚爱的情意和缠绵的思念……诗集像一面镜子,可以让中学生读者从中照见自己的影子;也可以帮助家长和教师了解孩子与学生的心灵,在他们之间架起一座沟通思想感情的桥梁。

这本写在早春时节的小书,是我最早的柔弱的草叶,也是我植根于真实的心灵和情感之中的最茁壮的草叶。时间过得真快啊!一晃,竟然就过去二十多年了!

怀念书声琅琅的时光

一本你喜爱的书，就像是一位你永远难忘的好朋友，就像是一个你乐意去就随时可以去的熟地方。

伊萨河畔的书香

清澈的伊萨河绕过慕尼黑郊外的绿色山谷，潺潺流向远方，汇入了蓝色的多瑙河。坐落在伊萨河畔的布鲁顿古堡，小巧精致，有着安静的院门、白色的外墙，红色的屋顶上高耸着哥特式的塔尖，看上去就像一座小小的童话城堡。城堡外面，清浅的护城河上散落着几座干净的木质小桥。跨过小木桥，可以走到附近的田野上和池塘边，池塘里总是栖息着一些白色的天鹅和灰色的雁鹅……

可不要小看这座小小的古堡哦！它可是经过联合国认可的、属于联合国教科文组织的一个著名的文化项目，官方的名称为"国际青少年图书馆"。它是目前世界上唯一一座专门收藏和陈列各国和各种文字的童书的图书馆，也是一个集图书借阅、儿童文化研究、推动各国和各地区儿童文学作家访问和交流于一体的专业文化机构。

创办这座儿童图书馆的人，是德国的一位犹太女性——杰拉·莱普曼夫人，她被人们称为"布鲁顿古堡的女王"。不仅在慕尼黑、在德国，就是在联合国，在全世界范围内，她的名字也是令人肃然起敬的。

事情得从这里说起。很久以前，有个名叫克罗蒂娅的小姑娘曾经这样幻想过:有一棵美丽的大树,浓荫蔽日,而很多的书,就像红色的樱桃、金黄色的橘子,和褐色的栗子一样,长在茂密的树枝上。它们有大有小,有粗糙的,有光滑的,只要一伸手就可以摘下来。尤其是那些漂亮的图画书,总是长在那些最矮的树枝上,这样,小娃娃们一伸手就够得着……

杰拉·莱普曼夫人从自己的孙女小克罗蒂娅美好的想象中得到启发,倡议并创办了每年一度的"国际儿童图书节"。图书节的美好愿望是:让全世界喜欢书籍的孩子,都有条件去阅读一本好看的书,并且要让孩子们——无论是出生在贫穷家庭的孩子,还是生活在中产阶级和富裕家庭的孩子——都这样相信:世界上真有这么一棵长满书的参天大树,在大树的绿荫下,所有的孩子,无论是蓝眼睛、黑眼睛,也无论是黄皮肤、白皮肤还是黑皮肤,都能够相聚在一起……

杰拉·莱普曼夫人是在四十多年前(1967 年)的春天提出这个美丽的建议的。当时,她的呼声首先得到了全世界儿童文学作家和插图画家的一致响应。第一届国际儿童图书节便在 1967 年 4 月 2 日举办了。4 月 2 日这天正是童话作家安徒生的诞辰。从此,每年这个时节,即温暖的四月天里,"国际青少年读物联盟"(IBBY)都要邀请各国轮流主持这个美好的节日。主持节日的国家将选出本国的一位优秀儿童文学作家,为全世界的孩子写一篇关于读书的献辞;还要选出一位同样优秀的儿童文学插画家,为全世界的孩子绘制一幅特制的招贴画,以此来唤起人们对童年阅读的关注、热爱与重视。

杰拉·莱普曼夫人在第一届国际儿童图书节上发表了献辞《长满书的大树》,她这样描绘了自己崇高、美丽和伟大的梦想:

要让这个世界真的出现那么一棵长满书的参天大树,在这棵大树之下,所有为儿童写书、画画、编辑童书的人,都团结在一起,让书里的文字像阳光一样洒满世界,照耀每一个孩子幸福、快乐地成长;让全世界的每一个孩子都拥有自己喜欢的书,都能分享阅读和求知的幸福与欢愉……

2012 年秋天,我来到了慕尼黑布鲁顿古堡,走进了杰拉·莱普曼夫人创办的这座像美丽的童话城堡一样的儿童图书馆。

我在这里翻阅着各种版本的、琳琅满目的童书,也在院子里的老苹果树下散步和休息;有时也走到院子外面,跨过小木桥,来到清清的池塘边,用午餐时特意省下的面包去喂池塘里的灰雁鹅和白天鹅……

图书馆的院子里长满了低矮的老苹果树。每棵苹果树上都结满了红的、绿的苹果。有的苹果成熟了,落在了树下的绿草地上,许多白头翁和椋鸟会飞来啄食熟透的苹果……

我像小鸟一样,一边吃着从草地上捡起的干净的苹果,一边想着:杰拉·莱普曼夫人当年的那个美好而崇高的愿望,不正是我们这些为儿童写作和工作的人直到今天还在为之努力、渴望实现的一个梦想吗?让每个孩子都有书读,这是一个多么美好和善良的愿望啊!我们能够做到吗?

在国际儿童图书馆做义工的琳达小姐是来自塞尔维亚的一位

儿童文学作家,她一边在这里做研究,一边充当临时的图书管理员,还要给一些国家和地区的捐赠者和咨询者回复信件。在老苹果树下散步的时候,我向她请教了一些问题。交谈起来我才知道,原来,她和我的一位塞尔维亚朋友、童话诗人奥·米卡·杰克斯也十分熟悉。我告诉她,我正在试着把米卡的一些儿童诗翻译成中文。琳达笑着说,那米卡可要和我好好地干一杯了。正是从琳达口中,我知道了杰拉·莱普曼夫人更多的故事。

二战期间,作为犹太人的杰拉幸运地逃离了纳粹德国,在瑞士暂住下来。但是她在内心里总是对曾经是犹太人的噩梦的故乡德国割舍不下。她在自己的回忆录里援引过海涅的话:"每当我在深夜里想起德国,我就会焦灼难眠、热泪盈眶……"这是一位真正的爱国者。战后,杰拉以盟国占领军文化官员的身份重新返回自己的祖国,她开始在德国的废墟上四处呼吁和奔走。

但是她当时的特殊身份却给她的工作带来了不少障碍,一些德国同胞甚至怀疑她的动机,并且以是否应该虑及德国的"文化安全"为由来审视她的倡议和愿望。然而,正如伟大的德语诗人里尔克的诗中所预言的:"用你温柔的姿态,你可以把握世界,而依靠别的,肯定不能。"杰拉在误解和困境之中并没有气馁,也没有放弃自己的美好梦想。她呼吁说,德国的孩子和全世界的孩子一样纯洁,他们是无辜的,不应该继续生活在纳粹的阴影之中,何况他们也是疯狂的战争和恶魔般的梦魇的受害者。如果没有人来帮助他们去拥抱健康、阳光和文学,他们就会背着沉重的红字走上歧途。她敞开自己宽容和温暖的女性和母性之心,渐渐融化了一些同胞的敌意的坚冰。

杰拉最早发出的一个具体的倡导就是:在慕尼黑组织一次国际儿童书展,展出她从世界各国募集到的4000册童书,以此来吸引德国的孩子和他们的父母亲,使他们重新建立起对图书和生活的信心与幸福感,重新找回阅读、思考和想象的乐趣……她的倡导赢得了人们的赞美和响应。许多年轻的父母,像被拉出了黑暗地窖的葡萄藤一样,对生活的信念瞬间得以复苏。他们怎么也没有想到,一本本来自不同国家和地区的小小童书,竟然拥有那么大的魔力,一夜间就可以改变许多德国孩子、父母和家庭的精神状态。

杰拉并不满足于自己的努力所换来的最初的成果。她锲而不舍地继续奔走和游说,相继得到了洛克菲勒财团和美国总统夫人等不同团体和名人的支持。经过数年的奔走,她终于让一棵"长满书的大树"——一个汇集了数万册来自全世界各种文字和版本的童书的图书馆,矗立在了慕尼黑郊外的那座童话般的古堡里。这座古堡,同样来自一次伟大的捐赠。在图书馆落成仪式上,杰拉动情地说道:"只有世界上的每一个孩子都学会相互理解,我们才敢于希望拥有一个和平而完整的世界……"

杰拉·莱普曼夫人美丽和善良的梦想,终于落地成真了。她以这座小小的图书馆为工作平台,又倡导和创办了前面说到的"国际青少年读物联盟"(IBBY),创办了每两年颁发一次的全世界儿童文学最高奖——"国际安徒生奖"(也被称为"小诺贝尔奖"),以及联盟会刊《书鸟》杂志。琳达告诉我,如今,这座青少年图书馆得到了联合国教科文组织的认可、表彰和支持,全世界各国,包括中国的儿童出版社,每年都会向这里捐赠一些最新的童书。目前图书馆藏有近百万册、130 多种文字的童书和儿童文学刊物。图书馆每年还会在全世界范围内邀请几位儿童文学作家或研究者来此访问和研究。每年想来这里工作甚至做义工的大学毕业生很多，琳达的工作内容之一就是给这些大学生回信。图书馆要求，凡来此工作的馆员，每人至少要会使用两三种语言，获得过图书馆学的学位，而且至少对自己母语国的儿童文学有一些研究成果……琳达说，这个小小的城堡，还有一个更响亮的名称——"小联合国"。

从 1967 年 4 月 2 日举办第一届国际儿童图书节迄今，这个美丽的节日已经举办了近四十届。中国于 2006 年在澳门主持举办了第三十届盛会。我个人觉得非常荣幸的是：我编辑出版了自 1967 年以来，历届国际儿童图书节上作家们的献辞、安徒生奖得主精彩的受奖演说辞、历届儿童图书节的彩色招贴画的汇编，名为《长满书的大树·安徒生文学奖获得者与儿童的对话》（黑马译），这是"国际青少年读物联盟"（IBBY）唯一认可的中文版。

《长满书的大树》的译者黑马（毕冰宾）先生是第一位进入 IBBY 和走进布鲁顿古堡的翻译家。长期以来，他成为国际青少年图书馆与中国发生直接联系的唯一使者。这本书为我们了解 IBBY 的工作和意义打开了一扇美丽的窗。

这里面是一些"老天鹅"的话，是世界各国儿童文学大师们所描绘的神奇、美丽和丰富的书的世界的景象，讲述的是一个个昨天的故事和明天的秘密。这是一只只"永恒的黑划子"和"想象的漂流瓶"。"什么也不能像书那样点燃探索的明灯，帮助我们用心灵去认识那些未知的事物。"瑞典童话作家林格伦在献辞中说。而希腊女诗人雷娜·卡萨奥斯告诉孩子们，每一本书，就像"黑暗中的萤火虫"，它们闪烁着，就像一些永恒的价值在闪光：爱、善、自由、美、温柔、正义，它们给生活以深刻的内涵，给我们匆匆而过的人生以意义。小小的萤火虫，"正以它们微弱的金色光点为武器，驱散随时要围困世界的黑暗"。

儿童文学作家们并不回避，也并不一味地用美丽的想象去掩盖和粉饰这个世界上正在发生的灾难与残酷的事件。当装甲车和坦克冰冷的履带碾过那些美丽的花园和学校，孩子们的笔盒、书包和童年的梦都被埋进了废墟里，就像瓦砾下那些痛苦的、流泪的小草；橄榄树刚刚从冬天里苏醒，白色的叶蕾就被大火烧焦。襁褓中的婴儿在甜美的睡梦中被爆炸声惊醒，蔚蓝的天空被铁丝网分割，再也看不见一只小鸟，这时候，我们也听到了那些愤怒而充满良知与道义的声音。1996年安徒生奖得主、以色列作家尤里·奥莱夫呼吁，儿童文学作家要帮助和拯救那些"如履薄冰的孩子"，因为大屠杀曾经是他们童年的一部分。1997年献辞的作者、斯洛文尼亚作家鲍里斯·诺瓦克则直言，孩子们不仅仅生活在光明里，同时也生活在阴影里。因此，他希望，"作为一个不能再真实的警告，希望成年人不要把孩子们的童年变成地狱。让我们都尽自己的一份力，让孩子们免受苦难"。也因此，1984年安徒生奖得主、奥地利作家克里斯蒂娜·涅斯特林格谈到她为儿童们写作时的一个精神支柱（她把它说成是写书的"办法"）就是："既然他们（孩子们）生长于斯的环境不鼓励他们建立自己的乌托邦，那我们就挽起他们的手，向他们展示这个世界可以变得如何美好、快乐、正义和人道，这样可以使孩子们向往一个更美

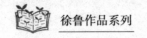

好的世界。这种向往会使他们思考应该摆脱什么,应该创造些什么以实现他们的向往。"

埃尔汗姆·扎巴克赫特和哈拉赫·扎巴克赫特是一对来自伊朗的小姐妹。她们家并不特别富裕,可是她们都很喜欢读书。她们的爸爸妈妈也尽量省吃俭用,给小姐妹俩买回她们最想读到的儿童书。1976年,国际儿童图书节组委会邀请这对小姐妹为这届图书节写了一篇献辞,献给全世界爱读书的小朋友们。献辞里说:

> 我们能在书的神奇世界里旅行,同大树和清泉说话,真开心啊!我们还可以到大巨人和魔术师的房子里去,看看谁是好人,谁是坏人。在书的世界里,我们可以跟全世界的人交朋友,和书中的主人公一起去走遍全世界,与全世界的小朋友一起玩耍。读书时,我们就走进了一个神奇的世界,和小仙女们一起旅行。我们坐在小仙女们美丽的翅膀上,把我们的愿望告诉她们。想要什么,她们就会给我们什么。

小姐妹俩还向我们讲述了她们阅读第一本书时的美好记忆:那是五年前,爸爸妈妈给她们买回了一本美丽的书,书名叫《神奇的小金鱼》。书里面的图画真是太美了,一下子就吸引了她们。第二年,小姐妹俩开始上学了,会认字了,她们又开始一遍遍地读那本书上的故事。她们都被故事里的小金鱼给迷住了!

打那以后,我们就用心记住了这个故事。每天晚上,我们都会对这条小魔鱼说说我们的愿望。不过,我们要的东西从来不太多……

直到现在,我们晚上躺在床上时,还会想着这本书,想象着自己就是书里的幸福的渔夫。我们把自己的愿望说给小金鱼听。早晨起床后,我们就尽自己的全力,让这愿望变成真的。

看,一本你喜爱的书,就像是一位你永远难忘的好朋友,就像是一个你乐意去就随时可以去的熟地方。而且,一本你喜欢的书,也是真正属于你自己的东西。因为,书中会有你的欢乐、你的忧愁、你的梦想、你的期待与渴望,书中也会有属于你的神奇的小金鱼。

儿童文学作家们的心都是相通的,他们并不太受地域、民族和文化背景的限制,越是优秀的作家越是如此。因为,他们的写作所面向的对象是一样的,那就是整个人类——无论是玩耍中的儿童,还是坐在壁炉前取暖的老人。

相信童话

从前有……

"一个国王吗？"我的小读者们一定立刻要这么猜了。

不是的，孩子们，你们猜错了。从前有一段木头。这段木头也并不怎么值钱，只不过是木场上一段平平常常的木头罢了，就是在冬天我们拿来放到火炉里生火取暖用的木头。

这不仅是一部经典童话的开头，也是一个被后世传颂的最经典的开头。这部经典童话就是被誉为"意大利儿童读物的杰作""意大利儿童读物中最美的书"的《木偶奇遇记》。

这部童话的作者科洛迪，原名卡尔洛·洛伦齐尼，1826 年 11 月 24 日出生在意大利托斯坎纳地区一个名叫科洛迪的小镇。他的笔名便是这个小镇的名字。

科洛迪精通法文，曾翻译过法国经典童话作家贝洛的童话，为广大小读者所喜爱。科洛迪一生写过短篇小说、随笔、评论等多种文体，其中最为人们记住的却是他写给孩子们看的童话故事。这些童话想象力丰富，童话形象个性鲜明、栩栩如生，故事情节曲折有趣，语言清浅而幽默，使他毫无愧色地跻身于全世界最好的童话作家阵容之中。有的评论家甚至认为，意大利儿童文学只要拿出一本《爱的教育》和一本《木偶奇遇记》，便可以与世界上任何一个儿童文学发达的国家相媲美了。

科洛迪其他儿童文学作品还有《小手杖》《小木片》《小手杖漫游意大利》《小手杖地理》《小手杖文法》《眼睛和鼻子》《快乐的故事》《愉快的符号》等。

《木偶奇遇记》最初的名字叫《一个木偶的故事》。这个故事当初是在意大利《儿童日报》上连载的，连载到第二年时才改名为《木偶奇遇记》。据说，科洛迪写这个故事是为了换取一些稿酬以偿还债务。当时他在写给《儿童日报》社长菲尔迪南多·马尔提尼的附言中这样说道："我寄给您的这些故事，只不过是幼稚可笑的小玩意儿罢了。您可随意处理，如能采用，我可继续写下去。"

他没有料到的是，正是这些"幼稚可笑的小玩意儿"引起了小读者和大读者们浓厚的兴趣。这部作品从 1881 年 7 月 7 日起开始连载，一直到 1883 年才连载完毕。中间科洛迪一度想停止连载，但这个想法一公布，报社立刻就收到了无数小读者写来的表示强烈抗议和不满的信件。于是，科洛迪只好继续把这部童话故事写下去。

《木偶奇遇记》这部童话最终也成了科洛迪一生的代表作。

……我不知道这件事情的详细经过是怎样的，只知道有一天天气非常好，一个老木匠在自己的铺子里找到了这

段木头。老木匠名叫安东尼,可是大家因为他的鼻尖老是又光又亮,像一颗熟透了的樱桃,所以都管他叫樱桃先生。

紧接着我们在前面引述的那个最经典的开头,童话家又写了这样一段文字,然后就正式开始了故事的讲述。

这个老木匠把这段看上去普普通通、却又能哭会笑的木头雕成了一个小木偶,还把小木偶认作自己的儿子。老木匠不仅给了小木偶鲜活的生命,还非常疼爱他,他卖掉自己的上衣供他上学。小木偶匹诺曹的种种奇遇,就从上学的那一天开始了。

小木偶像许多小孩子一样,十分贪玩。为了看戏,他不惜卖掉了自己的课本。他在酒店里得到了好心的老板的五枚金币,回家路上却受到狐狸和猫的欺骗,金币被抢走了。过后小木偶又遇上了强盗,差点儿被强盗们吊死,幸亏巧遇了一位仙女而获救。

匹诺曹被狐狸和猫骗走金币后又去起诉他们,却被稀里糊涂的愚蠢法官错判进了监狱。出狱后,他又被捕兽器夹住,被迫当了别人家的"看家狗"。

匹诺曹后悔极了!这时候他想到了,如果自己能像其他好孩子一样好好念书、做工,那么现在他就会和爸爸依偎在一起,过着幸福快乐的生活,也就不会在这里给人家当"看门狗"了。幸好,到了夜晚,匹诺曹因为帮助主人抓住黄鼠狼而重新获得了自由。

像许多犯了过错的小孩子一样,匹诺曹很想改正错误,成为一个用功念书的好孩子。可是,他又禁不起外面的种种诱惑。因为一些顽皮淘气的小坏蛋的怂恿,匹诺曹又逃学到了海边去看大鱼,接着又被引诱到了好玩国,在那里开心地玩了几天之后,他竟然变成一头愚蠢的驴子了! ——在西方,驴子往往被视为愚蠢可笑的形象。后来,仍然是善良的仙女搭救了他。

故事到了最后,匹诺曹和他的老木匠爸爸在鲨鱼肚子里意外重逢了。父子俩想方设法逃了出来,在大海边住下了。

从此,小木偶匹诺曹就像变了一个人似的,每天早早地出去做工,一有空闲还勤快地编织篮子,到了晚上就开始专心念书、写字,十分用功。当他得知仙女生病了,他还把自己积攒的所有的钱都送给了她。仙女很感激小木偶,当然也悄悄地帮助着他,让匹诺曹最终变成了一个诚实、孝顺、勤快、善良和乐于助人的好孩子。

显然,《木偶奇遇记》这个故事含义并不复杂,可以说是一部真正意义上的儿童文学作品,非常适合小学生阅读。睿智的童话作家借一个木偶的形象,为我们演绎了一个小孩子从有缺点、不完美到最终成长为比较优秀的男孩,也得到了快乐、自信和幸福的故事。

小木偶匹诺曹的成长经历,也几乎是所有小孩子都可能有的成长经历。小木偶从成长经历和生活教训中渐渐懂得了怎样去抵制和战胜种种诱惑,应该怎样去拥抱和热爱正义,痛恨邪恶,成为一个正直、诚实、勤劳和善良的人。

同时,小木偶匹诺曹的经历也告诉小读者们:"美由心造",一个人只有善良,才会拥有一颗鲜活的"心",拥有美丽的生命;只有诚实,鼻子才不会变长,形象才不会变得丑陋;只有勇敢自信,才能战胜所有的苦难,甚至能从鲨鱼的肚子里救出自己的爸爸……

而且,一个人一旦具备了那些优秀的、高尚的品质,请相信,即

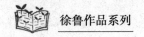

使他原来只是一段木头，也会变成一个活蹦乱跳的小男孩的。

　　热爱童话，就要相信童话。只有相信童话，孩子的成长和生活才不至于那么乏味和贫瘠。只有相信童话，我们的想象力才不至于那么呆滞和平庸。伟大的童话总是这样：一定会尽力让童话里的一些人过上幸福的生活！当然，童话家不可能让所有的人都生活幸福，就连在童话里也办不到。尽管如此，我们还是应该热爱童话，相信童话。美好的童话故事总是能够给我们送来快乐和幸福、光明和希望，甚至帮我们找到童年的梦想……

　　这就是童话的意义，也是童话的魅力。

永恒的追梦少女

世界上有一些优秀和伟大的书是孩子们在童年和少年时代不应该错过的。它们都属于一个人在成长期里不可不读的书，即所谓"一旦失之交臂，便会成为终生遗憾"的书，例如对女孩子来说，像《猜猜我有多爱你》《简·爱》《柔情》《绿山墙的安妮》《茜多》这样的书；对男孩子来说，像《在轮下》《麦田里的守望者》《小王子》《老人与海》《白鲸》，甚至《百年孤独》这样的书。

《绿山墙的安妮》堪称全世界的孩子，尤其是女孩子的一本"成长圣经"。大作家马克·吐温晚年失去爱女，心境凄凉，但是，安妮的故事却照亮了他的苦境。他在一封书信里由衷地赞叹道："安妮是继不朽的爱丽丝之后，最令人感动和喜爱的一个少女形象。"

那么，创造了安妮这个不朽的形象的作家是怎样一个人呢？

1874 年 11 月 30 日，露西·莫德·蒙哥马利（1874—1942）出生在加拿大一个美丽的小岛——爱德华王子岛上。她从小与外公一起生活，在一所老式的、四周长满苹果树的农舍里度过了自己安静和单纯的童年时代。恬静的田园生活培养了露西对大自然毕生的热爱之心，也给她带来了澄澈的创作灵感。

露西九岁开始写诗,十六岁开始向外投稿,到三十七岁时才结婚成家。露西热爱阅读和文学创作,即使成了家庭主妇,她每天仍然要挤出几个小时坚持阅读和写作。1904年春天,露西以自己生活过的小村为背景,创作了小说《绿山墙的安妮》。小说写完后好几年的时间里,没有出版社愿意出版这本书,直到1908年才有出版商愿意出版。不料这本小说面世后,立即赢得了读者的热爱,露西作为一位优秀的女作家的声名从此迅速传播开来。

据说,在小说刚刚问世那几年里,每天都会有许多信件像雪片一样飞到爱德华王子岛的露西家中,读者们都在不断地询问:"安妮后来怎么样了?她能获得幸福和快乐吗?"正是因为有了这样一些忠诚和狂热的读者的鼓励和期盼,露西把安妮的故事一本一本地继续写了下去,成为一个让读者欲罢不能的小说系列。

除了安妮系列,露西一生勤奋写作,写下了二十多部长篇小说,以及许多短篇小说、诗歌、日记、自传等。据说,她全部的作品,包括没有出版的私人日记等在内,超过了500部。她的书和手稿大都被收藏在安大略的一所大学里。她的日记已由著名的牛津大学出版社陆续出版。

小说里的绿山墙农舍就坐落在露西小时候生活过的卡文迪许村。它本来是《绿山墙的安妮》的故事背景,现在人们为了纪念这位伟大的女作家和她留下的经典作品,把这里改建成了一座小小的博物馆。博物馆里再现了安妮、马修和玛丽拉等人住过的房间,就好像他们都是真实存在过的人物一样。而露西的墓,就在博物馆西边不远的一个安静的角落里,墓碑与绿山墙农舍遥遥相望。她家乡的人们还把小说里写到的一些场景，例如"情人的小径""闹鬼的森林"等，都特意设置在她墓地的周边。这样，那些慕名前来拜谒的游客，手捧着小说，就可以一一对应地找到眼前的"真实场景"了。一位作家在去世多年之后还能如此受人爱戴，人们还愿意把她故事里的场景和人物都以真实的面貌呈现给后来者和慕名前来的人，这在世界文学史上是不多见的，露西却凭着她的《绿山墙的安妮》做到了。

《绿山墙的安妮》写的是一个孤女如何在一种温暖和甜蜜的关怀中长大成人的故事。马修和玛丽拉兄妹俩在绿山墙农舍过着平淡和安静的生活。家人为了给患有心脏病的马修找个伙伴和帮手，打算从孤儿院里收养一个男孩。谁料阴差阳错，孤儿院送来的却是一个满头红发、整天喋喋不休的小女孩。她的名字叫安妮·雪莉。小安妮天性单纯好奇，脑子里装满了稀奇古怪的想法。在她的想象中，快活的小溪会在冰雪覆盖的冰层下唱歌；玫瑰花会说话，还会给她讲很多有趣的故事；而自己的影子和回声，就像两个知心的好朋友，可以互相诉说和聆听对方的心事。可是，正因为异常的好奇心和爱美的天性，小安妮也给自己惹来了一连串的麻烦。她不知疲倦地去尝试，不间断地闯祸。当然，她也会不断地去改正自己的错误。她凭着自己的真诚、善良和直率，赢得了身边每一个人的友谊和爱。日子在一天天流逝，小树在一天天长大，十一岁的孤女小安妮在家人、伙伴和老师的宽容、理解和温暖的关爱中，渐渐变成了绿山墙农舍快乐、自信和幸福的小主人……

这部小说所讲述的故事，就像一条缓缓流淌、光影斑驳的小溪流，虽是一波三折，但短暂的阴影遮不住故事的澄澈和美好。小安妮内心深处的情感变化偶尔也似小小的波澜，但热爱生活、乐观向前、真诚待人仍是她生命中最耀目的光芒。从小安妮身上，我们看到了一种恣意、真实和自然的生命之美，看到了一种健康、快乐、生机盎然和充满梦想的童年生活和成长状态。只有小安妮这样的生命、童年和成长，才能使人间的一切污浊和丑陋相形见绌，才能融化世界上所有的隔膜、寒冷和敌意，给绿山墙和整个村庄，也给我们今天的世界，带来永远的春天和欢笑。

据说，因为《绿山墙的安妮》的"全球性影响"，每年都会有数以万计的游客从世界各地慕名前往加拿大爱德华王子岛，去追寻小安妮生活过的足迹。《绿山墙的安妮》这本小说还曾让两位英国首相为之着迷。而这部小说的中文译本，也曾经作为纪念中国与加拿大建交35周年的最美丽的文化交流的礼物。如今，安妮的系列小说不仅在英语国家里长销不衰，还被译成了几十种外文，成为全世界范围内的一部儿童文学经典和畅销书。它还被多次改编成电影、电视剧和音乐剧等艺术形式。少女安妮以自己爱美的天性和纯真、善良的个性形象，成为读者心目中有着阳光般美好性格和浪漫情怀的永恒的追梦少女。

播下热爱母语的种子

仿佛二十四番花信风轮流吹过，我所在的这座城市里，一年一度的少儿诗词朗诵大赛竟然不知不觉地举办了十几届。前不久，适逢中国农历二十四节气中的白露之日，东湖边的一处文化秀场内，童声琅琅，十几名小选手登上流光溢彩的舞台，吟诵着各自心目中最美的诗篇，为这座刚刚进入爽朗秋季的城市献上了一席经典诗词的盛宴。

我曾有幸担任过好几届大赛的评委。身临现场，欣赏过不同年龄段的小朋友们声情并茂的朗诵之后，我想得最多的一个问题就是：我们美丽的母语，在那些古代诗词名篇里，表现出了何其丰富、优美和神奇的魅力！那些或豪放、或婉约、或澄净、或幽深的词汇和诗句，时而音韵铿锵，时而余音袅袅，时而柔情婉转，时而慷慨激越……向我们呈现了一种多么灿烂多姿的中华诗意！然而在今天，在我们的家庭和校园里，诗和诗人，究竟在多大程度上介入了教育？中国几千年"诗教"传统的光芒，在今天的校园和孩子们的童年时代里，是否还有些许微弱的反光？所谓"素质教育"的概念中，到底有多少足以担当培育孩子们对诗性和诗意的感悟与理解能力的成

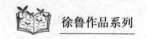

分？这些恐怕仍然是让人牵念的问题。

因此，一个少儿诗词朗诵大赛，能孜孜坚持这么多年，也就格外值得我们欣慰和敬重了。这样的朗诵大赛，已经不仅仅是一次朗诵比赛，也不单单是让少年们展示才艺的一个平台，而实在是一种默默的文化启蒙和经典启蒙，是一种为了彰显汉语的美丽、为了保护我们母语的未来而播种与耕耘的富有功德的事业。每一场朗诵都会让那些看上去与诗无缘的孩子，仿佛在一夜间展露出他们的想象、诗心与才华，也唤醒了孩子们童心中那些沉睡的诗意，引起了他们对真善美的向往与共鸣。

诗人惠特曼曾说："有了伟大的读者，才有可能造就伟大的诗人。"说的不也是这个道理吗？

卢梭在他的儿童教育小说《爱弥儿》里说过："植物通过耕耘获得改善，人类则通过教养获得进步。"无论孩子们的家庭生活和学校生活多么富足，可是如果不去阅读一些优美的诗歌，不去接受一些诗意的陶冶，他们也就像被夺去了童年最宝贵的财富一样，其损失将是不可弥补的，他们在成长中所获得的所有"教养"之中，灵秀和典雅这两种极其重要的素质将会有所欠缺。

"好雨知时节，当春乃发生。随风潜入夜，润物细无声。"孩子们用他们的天真表达出来的对诗歌的这份信念，是这个舞台最大的价值。这种价值，不仅仅属于孩子，也是对所有成年人的一种教育。我十分赞同文化学者于丹教授在为朗诵决赛所做的点评中说到的观点：请我们的成年人也相信吧，未来，物质与品牌都无法成为中国人的标识，但古典的诗歌，也许足以构成中国人的文化基因。

走遍天下书为侣

曾经有许多人这样设想过：假如有一天，你将独自划着一只小舟绕地球旅行，或者你将独自前往一座孤岛，在那里生活一年，甚至更久的时间，而你只能——或者说只允许你——选择一样东西带在身边，供自己娱乐，那么，你将选择什么呢？

是一块大蛋糕、一盒扑克牌、一只小松鼠、一幅美丽的图画，还是一本书、一个八音盒、一把口琴或一只装满了纸的画箱？

每个人都可以自由地做出自己的选择，然而大多数人表示，更愿意选择一本书。蛋糕一吃就没了；扑克牌和松鼠不久就会变得乏味；围绕在孤岛四周的大海上的景色，胜过你带去的最美丽的图画；八音盒和口琴只能唤起你更大的孤独感；画箱里的纸装得再多也会用完……而唯有一本书——一本你所喜爱的书，才可能是一位永远亲切而有趣的旅伴。

它将伴随你，带给你无穷无尽的想象和欢乐，使你百读不厌，常读常新，不断地感知和发现新的真理；它将帮助你战胜寂寞和孤独，像黑夜里的明灯、星光与小小的萤火虫，为你照亮夜行的小路，指引你、帮助你去认识世上的善恶和美丑。

是的，什么也不能像书那样帮助我们，教我们用生命、用心灵去感知和认识未知的事物。英国著名女作家尤安·艾肯在 1974 年为国际儿童图书节所写的献辞里讲到，如果有一天，她真的独自漂流在茫茫的大海上，身边只有一本书为伴，那么，"我愿意坐在自己的船里，一遍又一遍地读那本书"。她说，"首先我会思考，想想故事里的人为何如此作为。然后我可能会想，作家为什么要写那个故事。以后，我会在脑子里继续这个故事，回味我最欣赏的一些片段，并问问自己为什么喜欢它们。我还会再读另一部分，试图从中找到我以前忽视了的东西。做完这些，我还会把从书中学到的东西列个单子。最后，我会想象那个作者是什么样子的，全凭他写书的方式去判断他……这真像与另一个人同船而行。"女作家相信，在这种情况下，一本书就是一位好朋友，是一处你乐意去就随时可以去的熟地方。而且，从某种意义上说，它是只属于自己的东西，因为世上没有两个人用同一种方式去读同一本书。

苏联儿童文学作家、少年儿童教育家米哈尔科夫在他写给所有家长和孩子的一本著名的小书《一切从童年开始》的头一篇里就指出：书是孩子们生活中最好的伴侣。他说，无论孩子们的家庭生活和学校生活多么有趣，如果不去阅读一些美好、有趣和珍贵的书，也就像被夺去了童年最可贵的财富一样，其损失将是不可弥补的。很难设想一个没有书的童年会是什么样子。他告诉所有的家长、老师和为孩子们工作的人："一本适时的好书能够决定一个人的命运，或者成为他的指路明星，确定他终生的理想。"

自然，世界上的书是各种各样的，这是因为我们这个世界本身是丰富多彩的。欢乐的,悲哀的,真实的,魔幻的,崇高的,弱小的,美好的,丑恶的……整个活生生的世界都可能进入一本书中。也许正因为如此,我们才更感到书的神奇与伟大。我们从不同的书中,既可以看到我们所赖以生存的这个真实的世界,以及我们周围的真实的人、所发生的真实的事件,也可以看到那些来自写书人头脑的,虚构和幻想中的世界、人物和故事,如巨人和小矮人、恶毒的巫婆、善良的精灵、神秘的外星人、智慧的魔法师、美丽的海妖、可怕的吸血鬼,等等。

　　是的,一本书可以超越最久远的时间和最辽阔的空间,让我们在任何时候和任何地方都能够反复看到最古老的过去和最遥远的未来。书,帮助我们每一个人成长:从无知的小孩长成有美好情感、有丰富想象力、有智慧、有思想、有发明和创造能力的巨人。

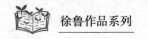

怀念书声琅琅的时光

前些时网络上盛传一个所谓"死活读不下去的书排行榜"。令人忧心的是,进入排行榜的书目,多半是公认的经典文学名著。可见,如何提升阅读能力,如何重新培养青少年一代的经典文学阅读兴趣,不仅是美国这一个国家面临的现实问题,也是世界许多国家必须面对的一个相当紧迫的问题。如果能够把青少年的阅读和朗读问题解决好,让琅琅的读书声响彻在每一个孩子童年的记忆里,该是多么美好的一件事情。

格蕾丝和她的孩子们的故事,或许对我们有些启示作用。格蕾丝出生在美国南方田纳西州一个书香馥郁的家庭里,少女时代曾在姨妈们开办的女子学校里接受过严格的教育,纯美的心灵中早就播下了文学阅读的种子。1934 年,梦想成为一名歌唱家的格蕾丝跟随她的中国丈夫来到中国,在中国生活了四十年,直到 1974 年才回到美国。在一本关于格蕾丝的传记中,我看到了这样一些细节:

在 20 世纪 60 年代那些荒唐和混乱的日子里,无论遭际多么坎坷,格蕾丝和她的家人始终保持和维护着文学阅读的高贵与尊严。虽然生活动乱不安、局促难堪，格蕾丝和她的子女们从没放弃一起阅读的习惯。而且，格蕾丝坚持和孩子们一起朗读文学经典。这是她和孩子们之间的亲情交流的最美好的内容，同时也是最温馨的亲子方式与过程。格蕾丝那甜美的读书声伴随着孩子们成长，就像小时候在美国南方，姨妈们的读书声融入了她的记忆一样。

当孩子们年纪还小的时候，她给他们朗读；孩子们渐渐长大了，他们一起朗读。他们的读书声，盖过了外面世界的疯狂喧嚣。孩子们在朗读声中不仅培养了对声音的敏感和欣赏力，而且也渐渐形成了各自对人生、对生命的成熟思考与理解。正如格蕾丝的儿子维汉所回忆的那样，一遍遍阅读那些经典文学作品，"不仅让我有了一种历史感，也让我对人生经历的差异和共性有了更深刻的理解，帮助我把眼光放到了自身之外的广阔世界"。维汉对妈妈朗读的回忆，正好印证了吉姆·崔利斯在他的朗读研究著作《朗读手册》一书扉页上所引用的那几行诗："你或许拥有无限的财富，一箱箱的珠宝与一柜柜的黄金。但你永远不会比我富有——我有一位读书给我听的妈妈。"

吉姆·崔利斯是美国著名的阅读学研究专家，毕业于马萨诸塞州大学，曾在《春田日报》担任专栏撰稿人和插画师二十多年。从1983年起，他在北美各地致力于阅读教育，以及文学与电视传媒环境等主题的研究，面向家长、老师和社会专业团体进行演讲，从事文学阅读和朗读的普及工作。《朗读手册》一书，即他调查研究和巡回演讲内容的集大成者，是一部关于学校、家庭和社区公共图书馆的建立,以及如何对待儿童迷恋因特网和电视等问题的指导性的教育经典。在做了大量具体、可信的个案访问和跟踪调查之后,他认为,世界愈来愈复杂,人们的阅读能力也越来越令人堪忧。

这并非危言耸听。当网络语言泛滥,那些被人称为"火星文"的网络用语也蔓延到了孩子的日常语言之中,当满街都是只喜欢看卡通片和玩网络游戏而对纸质阅读越来越淡漠的孩子,但凡还有些教育良知、责任感和成长关怀意识的家长与老师,都不能不有所忧虑和警惕:那种纯正的文学阅读正在离我们的孩子越来越远;曾经在人类童年记忆的长夜里给予过一代代孩子以温暖、光明、幻想以及智慧和力量的经典文学的神灯,它们的光芒正在被电子时代的娱乐气氛所遮蔽,以至于变得那么遥远和朦胧;我们所面对的童年与媒体环境是那么纷纭嘈杂,它们正凭着一种强大的通俗化和粗率化的力量包围着我们的孩子。实际上我们都已感觉到了,一方面是无所不在的媒体负面影响所带来的道德恐慌,另一方面就是许多媒体,当然包括书媒在内,对于电子时代的不切实际的鼓励与乐观。

《会阅读的孩子更成功》的作者南美英女士,是韩国一位著名的儿童文学作家、儿童阅读教育专家和文学博士。她在从事儿童文学创作的同时,还担任韩国读书教育大学教授、韩国读书教育开发院院长、KREDL 教育机构的教育开发理事等职务。她认为,正是童年时代的酷爱阅读,成就了今日的她;是守护童年的精灵满足了她的愿望,让她变成了一个快乐、幸福和精神上十分富有的人。回顾自己的成长道路,反思自己的成长经验,她认为,有一点对每一个孩子来说都显得非常珍贵,那就是,面对一辈子也看不完、堆积如山且不断涌出来的众多书籍，培养孩子选择优良书籍的能力并让他们找到有效的阅读方法，将是父母能为子女们提供的最好的帮助。

在《会阅读的孩子更成功》这本书中，南美英女士用一些具体的案例做示范，从最细微的、可操作的层面入手，分析了一些父母在阅读引导中可能遇到的问题。例如，在"和妈妈一起阅读"这个单元里，她建议，一个细心的妈妈，不仅要经常选择一些优秀的童书念给孩子听，还要给孩子规划和建立起一个内容比较丰富的小图书室或小图书架，要亲自带孩子逛书店，和孩子一起去挑选图书。要学会亲子阅读，例如，和孩子一起讨论书籍的内容，一起制作阅读记录卡，甚至一起举办阅读派对等。作为一位长年研究儿童阅读的教育专家，南美英在该书中专辟"用阅读医治内心里的病"一章，给那些有心理问题的孩子和家长以温暖的建议。这些建议都针对孩子成长过程中经常遇到的问题，包括：担心外表不出众时看的书，担心头脑笨拙时看的书，开始有点讨厌父母亲时看的书，与朋友吵架后想要一个人静一静时看的书，心情郁闷想生气时看的书，甚至讨厌学校想要逃课时看的书，被人取笑胆小而愤怒时看的书，等等。她针对孩子不同心理状态所推荐的这些书，有的是直接列举了世界名著名篇，有的则在她的书中引录部分段落，供细心的家长比照着去选择相应的书籍。这种母亲般的细致与周到，体现了作者在童年阅读指引里所贯穿的周全的成长关怀意识和温暖的人文情怀。

但愿每一个家庭、每一位父母、每一个孩子，都能像格蕾丝、南美英女士所倡导的那样，让那短暂的童年时光里充满更多的甜美的读书声。

科学是美丽的

什么也不能像一本科普书那样，帮助小孩子用生命、用心灵去感知和认识未知的事物。一本好的科幻和科普童书，就像孩子的一个好朋友，是一处他乐意去就随时可以去的熟地方。而且，一本孩子自己所喜欢的书，也是只属于他自己的东西，因为世界上不会有两个人用同一种方式去读同一本书。

科学与文学，是孩子们放飞梦想的两只翅膀，缺一不可。

一个绚丽、丰盈、健全和快乐的童年，一定是由好奇、想象、参与、发现和创造筑建而成的。现在有一些科普书，采用了卡通漫画的形式，我觉得读起来也蛮有趣的。创新的形式为小孩子们开启了一扇清新、绚丽的科学之门，向小读者们呈现了科学世界的美丽、丰富与神奇，可以引导孩子们饶有情趣地去认识和发现大千世界的许多小秘密。

许多小孩子都喜欢法国科普童书作家萨宾娜·克拉夫斯奇科等创作的那套"第一次发现丛书"。是的，第一次的发现，对任何一个小孩子来说都是印象深刻、永难忘记的。

你有没有用一支小小的手电筒，用一束小小的聚光，去认识和探索过黑暗的世界？你有没有用你自己的眼睛，去发现过一只小甲虫的秘密生活，去认识过深海里的各种鱼儿，去寻找隐藏在黑夜里的各种动物，去探索像宝石一样璀璨的星星和宇宙，甚至去叩访神秘的恐龙王国，去热带雨林冒险，去了解我们人体的秘密，去探访那些沉睡的宝藏，去问候那些在夜晚里还在为大家工作的劳动者，去寻找埋在大城市地底下的那些秘密管道和设施？……

"第一次发现丛书"被称为法国"国宝级"的科学童书，采用了透明胶片书和手电筒式的阅读体验等创新形式，第一页是孩子平常眼睛所见的现象，翻过透明胶片后，就是表象下的秘密展现或演变的过程。这种遵循"第一次发现"心理的动手和参与的设计，使小孩子获得了探索事物表象和真相，自己发现问题、自己寻找原因的切身体验。只要你愿意，任何一次小小的发现都是引人入胜的。相信每一个小孩子对于像地窖、阁楼、城市地下水道这样一些"黑洞洞的地方"，都怀有天然的好奇心和探求热情。

科学是美丽的。科普之树常绿。科幻、科普、童话、漫画……多种元素融为一体，会让小孩子在科幻和科普上的阅读变得更富有乐趣。科普阅读，同样能对小孩子的素质起到培养作用。艺术、文学、幻想力、科学新知等领域的相互融通，也是 21 世纪少年儿童博识教育的大趋势。

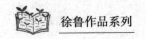

永不褪色的"小经典"

从 20 世纪初叶迄今一百多年来,谁不曾熟读过鲁迅先生的《朝花夕拾》? 谁没有背诵过脍炙人口的《从百草园到三味书屋》和散发着蚕豆花、稻花般的清香的《社戏》? 谁不曾做过冰心先生的"小读者"? 谁的心灵没有被她笔下那盏闪烁着橘红色光芒的小橘灯温暖过、照耀过? 谁的情感不曾接受过《寄小读者》那涓涓春水的润泽?

如果把中国现代文学史上那些光芒璀璨的"小经典"——那曾经使一代代小读者甘之如饴和耳熟能详的名篇杰作——开列出来,将是一份多么丰盈、美丽和迷人的文学书单:叶圣陶的《稻草人》,张天翼的《大林和小林》《宝葫芦的秘密》,老舍的《小坡的生日》,许地山的《落花生》,丰子恺的《忆儿时》,朱自清的《背影》,萧红的《呼兰河传》,周作人的《故乡的野菜》《乌篷船》,废名的《竹林的故事》,茅盾的《大鼻子的故事》,凌叔华的《小哥儿俩》,王统照的《小红灯笼的梦》,严文井的《小溪流的歌》……

说这份书单是一套"小经典",其中的"小"有两层意思:一是这些作品的作者都是中国现代文学史上的"大师级"的文学家,而这些作品却往往是他们文学年表里的一些"小作品",是一棵棵参天大树

160

上绽放出的小花朵，是文学巨人们献给幼小者的珍贵礼物，是真正的"大家小书"；另一层意思就是，这些作品大都篇幅不长，有的只有几万字，不是皇皇巨著，而是形制短小的"小创作"，因此，和众多现代文学巨著相比可谓"小经典"。

据说，欧洲人有个说法，叫作"小的是美好的"。德国经济学家舒马赫有本谈人类发展的畅销书，书名就叫《小的是美好的》。当然，对于任何文学名著来说，简单的"大"和"小"并不能成为评价它们的标准。应该说，大的和小的作品都可能是美好的。我在这里只是想借用"小的是美好的"这个说法，来表达我对这些小经典的敬仰、喜爱与欣赏。正是这一部部题材不同、风格各异的文学小经典，构成了一个色彩缤纷、悲欢离合的小世界，一代代小读者在其中阅读、生活、呼吸和成长。这些作品不仅是一代代人童年和少年时代里难忘的阅读记忆，也许还是小读者们成年之后仍然念念难忘、常读常新的必读篇目。卡尔维诺有一个人尽皆知的说法："所谓经典，就是那些你经常听人家说'我正在重读'而不是'我正在读'的书。"那么，这些小经典的每一篇、每一部，也都有资格成为"我正在重读"的书。

它们的品质和魅力，它们的伟大和不朽之处，至少表现在以下几个方面：一是它们几乎都是文学大师们的精心之作和"唯一"的作品，套用现代文学家施蛰存先生的一个说法，就是可以全部列为"一人一书"的不二之选。在这些作家的"大作品"里，他们也许能够找出两三部或多部可以互相代替的，但是像这样的"小经典"，却往往只有唯一的一部。它们几乎是从诞生那天起就被打上了"杰作"或"不朽"的标识。二是正因为这些作品都是文学大师们的精心之作，所以，它们也足可成为现代白话语言在纯正、优美、规范等诸方面的典范之作。事实上，这些作家的这些小经典，的确也是一代代中小学语文教科书的首选对象和必备选目。从这个意义上说，把这些小经典视为"中小学生必读文学名著"，一点也不夸张。而且，还因为篇幅上的节制与适度，它们也在无意中为中小学生提供了分级阅读、循序渐进的便利与保障。三是更为重要的一点，即入选的这些作家和这些作品，虽然因为年代、地域、文化背景以及作家性格气质、个人知识谱系的不同，每一部作品也会在题材、体裁、感情基调、思想深度和语言风格等方面各有千秋，然而，仔细阅读这些作品就不难感到，这些作品在努力传达着各自时代的时代精神，在赢得了当时那一代小读者的同时，也都具有强大和鲜活的生命力和超越力，能够超越各自的时代、地域和创作背景，把一些属于全人类的、真善美的、永恒的东西保留在了自己的作品里。

这其中最可称道的，就是一种可使任何时代的读者都能感知到的、伟大、朴素和温暖的"儿童精神"，或曰"童话精神"。这种"儿童精神"，包括单纯、天真、自然的童年趣味，仁慈、宽容、温柔的舐犊般的母爱情感，对于每一个弱小的生命个体的充分尊重、理解与呵护，幽默、快乐和恣肆的游戏趣味，与花鸟虫鱼为邻的爱自然之心，等等。我们看到，无论是鲁迅先生的《朝花夕拾》，还是冰心先生的《寄小读者》；无论是张天翼的《大林和小林》，还是废名的《竹林的故事》，这种伟大的"儿童精神"在每一本这样的小经典里闪耀和流淌。它们是美丽的星光，也是清亮的溪流；是薪火传承，也是血脉绵延。

不单单是儿童文学作品，在我看来，几乎所有优秀的文学作品都会具有一种伟大的精神和美好的理想,那就是:要给世界送来爱心、温暖和力量,要给人间带来美好和幸福。虽然令人遗憾的是,任何一位作家或一部作品,几乎都不可能从根本上去改变这个世界,也无力让所有的人都过上幸福的日子,甚至连在童话里也办不到。但是,我相信,一代代作家,仍然在怀抱着这种伟大的精神,朝着这个美好的理想去写作;一代代读者,也总在幻想和期待着能从优秀的作品中发现和找到一种幸福的生活,领略到一种崇高和美好的人生。这不仅是文学的伟大魅力所在,也是文学阅读的恒久魅力所在。

为什么要学《弟子规》

《论语》"季氏篇"里有一节,讲到了中国教育的先哲和祖师孔子的一个故事:一天,孔子一个人站在庭院里思考问题,他的儿子伯鱼正好经过那里,孔子就叫住他,问道:"你是否在读《诗经》啊?"儿子恭恭敬敬地如实回答:"还没有呢。"孔子不禁感慨道:"不学诗,无以言。"意思是说:这样太可惜了!一个人如果不好好读一点《诗经》,长大后恐怕连话都不会说啊!

这固然可以理解为孔子所强调的是学习《诗经》的实用价值。正如他在另一些场合所强调的,《诗经》"皆雅言",通过学习《诗经》,可以"多识草木鸟兽之名"。但是,孔子这段话更深远的意义,和我们今天常说的"读诗使人灵秀"是一致的。

今天,我们也不妨把孔子所说的"诗"理解成一个更宽泛意义上的概念,那就是包括《诗经》在内的彰显中华民族智慧的优美的古代经典篇章,也就是我们常说的智慧和美丽的国学经典。国学经典宝库之中,当然也包括历经数代蒙童诵读、研习、传承而流传下来的那些蒙学读本,如《三字经》《弟子规》《百家姓》《千字文》《增广贤文》《声律启蒙》《幼学琼林》《龙文鞭影》《四字鉴略》,等等。《弟子规》篇幅简约(共 360 句,1080 字)、文辞优美而蕴含丰富,诵读起来又朗朗上口(每两句押一韵),是一种优秀的蒙学读本。

《弟子规》原名《训蒙文》,是清朝初期的一位老秀才、当时颇为知名的学者和教育家李毓秀撰写的。他以《论语》"学而篇"第六条"弟子入则孝,出则悌,谨而信,泛爱众,而亲仁。行有余力,则以学文"和朱熹的《小学》中的文义为母本,以三字一句、两句一韵的形式编纂、演绎成篇,详细列述了每一个"弟子"(即每一个小孩、学童)在家、出外、待人、接物和学习上应该遵循和恪守的良好的行为规范。这篇《训蒙文》也是这位老秀才毕生从事蒙童教学实践的经验之谈。据说,当时方圆四周赶来听他讲课的弟子很多,每当下雨和下雪天,门外就满是脚印。人们尊称他为"李夫子"。这篇《训蒙文》后来又经过清朝另一位文人贾存仁的修订和加工,并改名为《弟子规》,一直流传到了今天。

柯老师是我三十年前供职过的一所中学的现任校长,也是活跃在中学教学和科研第一线的新一代教育工作者。他和他的同事们经过几年努力,在今天的校园里创建和形成了"知孝、明理、诚信、勤学"的优雅校风。我想,这与他一直孜孜不倦地在师生间倡导"国学教育",让中华传统文化的明月清风在校园里朗照吹拂,是大有关系的。由他主编的《〈弟子规〉读本》,是我所接触过的诸多此类读本中最有注疏特色、也最清新可喜的一种。可以说,这是一册充满温暖的人文情怀的少年励志读本,也是一册春风化雨、润物无声的校园国学读本。

除了通常可见的对原文的讲述、注释和白话翻译之外,这一册读本在不同的篇章里，还设置了"明理""导读故事""感悟""导行"和"活动平台"这样的小板块。其中的"导读故事"删繁就简、去芜存菁，选取古今一些精彩感人的传统美德典型的故事，清新可读；"导行"和"活动平台"又结合本校校训校风和班级活动实际，从点滴行为细节入手，循循善诱，切实可行。读本还附录了不少学生自己写的诵读和效仿《弟子规》的亲历故事与心得体会，一个个真实的小故事也温暖动人。

一本好书，就是能够点燃少年读者理想与信念的火焰，是在黑夜里为孩子们照亮道路的星光和月光，是黎明时滋润着小草和花朵的露珠，也是吹拂和播洒在心灵原野上的春风春雨。可不要小看这样一册小小的国学读本。要知道，它是和孝顺、仁爱、诚信、典雅、睿智、亲情、修身、美德这样一些字眼紧紧连在一起的。所有这些素质，都将直接决定着这一代孩子的心灵成长、人格建构和我们这个世界明天的道德准则和社会风气的高尚、优雅、文明。"腹有诗书气自华"，意思是说，那些饱读诗书、心灵里充满诗意的人，会很自然地具备一些不凡的气度。而一个人的内在气质，又直接决定着他们外在的言谈举止，显示着他们的教养程度。

儿童教育家卢梭在他的小说《爱弥儿》里说过："植物通过耕耘获得改善，而人类则是通过教养获得进步。"可见，一个人早期的心智和人格养成，不仅关乎个人成年后的气质与教养，也直接影响着一个国家、一个民族、一个社会的精神面貌。

这些年来，面对社会上道德失范、价值观混乱、传统美德和人伦天理遭到戕害的种种乱象，我们不是常常在发问：这个世界最终能够变好吗？读过这册《〈弟子规〉读本》之后，我愿意相信，我们这个世界还是能够变好的。前提是，我们必须一起来努力，就像《弟子规》里所要求的那样，从最基本的做人、做事的点滴细节入手，从自己做起，或者，就从真诚、用心地去诵读一册小小的朴素的《弟子规》开始。

请相信，美丽的国学经典，不仅是播洒在心灵原野上的润物无声的春雨和照耀着品格养成的阳光，那也是真与美的呼唤、善与爱的传承、心灵与生命的激荡。

愿孩子们短暂的童年时光里充满更多国学经典的琅琅诵读声，愿莘莘学子琅琅的诵读声盖过外面世界的浮躁与喧嚣。

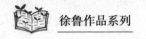

阿公的红龟店

当我们还在摇篮里的时候,那些古老而美丽的习俗就已经围绕在我们身边,仿佛是人类的另一种天性。它们先于一切法律,超越所有的艺术,制约和规范着每个人心中的价值取向和道德标准。所以,有一位哲学家说:"习俗是人生的伟大向导。"

作家郑宗弦先生是在台湾乡村长大的。像所有生活在乡土环境中的孩子一样,他的童年时光虽然也不免艰辛和单调,但他却拥有许多孩子不曾有过的一间最好的乡俗教室和成长课堂——阿公的红龟店。

这是一家乡土老店。所谓"红龟",是台湾的一种传统的乡土食品,就是那种又香又有弹性、印有龟形图案的、好吃的红龟粑啦!阿公的名字叫郑涂,十几岁就开始做红龟卖,一直做到七十多岁。因为阿公的红龟店是老字号,他老人家做的红龟味道又地道,再加上老人家晚年留有一捧长长的白胡子,虽然年高却手脚利落,远远地看起来就像一位美髯仙翁,所以乡土上的人们都称他为"红龟涂"。这个称呼也隐含着人们对老阿公的健康长寿的祝福与钦羡。龟,本来就是健康长寿的象征嘛。

　　打开《阿公的红龟店》这本书的封面，你仿佛立刻就会看到像一朵一朵白云一样的水蒸气正从书页间飘出。那是作者的阿公正在揭开蒸着一锅香喷喷的红龟粑的大锅的盖。作者说："我们家的云可不是普通的云，我们家的云是香的。如果那一灶蒸的是红龟粑，那么云里面会飘散出菜脯料咸咸的、古早味的香气；如果那一灶蒸的是红面龟，那么水汽里就会弥漫着红豆馅甜甜的、新鲜的美味……"

　　红龟不仅是一种价廉物美的乡土即食食品，同时也蕴含着一种古老的乡土文化，体现着乡村百姓们生丧嫁娶、祭祀拜寿等红白喜事中的民俗与风习。这些淳朴美丽的民俗与风习，用作者童年时的目光来打量，更增加了它们的热闹和趣味。

　　例如在"超级大红龟"一节，作者就写到了一只用来答谢神灵用的特大红龟，以及它所蕴含的祈求神灵保佑、好让大家都得到幸福的含义。每个客人看到或者分吃到红龟时，脸上都会露出幸福的笑容。"这不只是因为红龟好吃，也是里面充满了祝福。"阿公说，"我们做了那么多红龟，其实就等于帮人家创造了很多幸福哦！"

　　在"圣诞千秋"一节里，我们看到了在清明节、妈祖娘娘生日、"三界公"生日，甚至圣诞日里，人们用不同的红龟敬祭神明的诸多礼俗。而在"叫人害羞的红圆仔"一节里，我们又看到，曾被那位表哥骗去在学校才艺展示中用作"波霸秀"的，并且常常让作者感到害羞的那种乳房模样的红龟，原来是在小孩子满月时，用来祝福新妈妈奶水充足的供品。此外，还有做丧事用的"白龟"啦，祭祀"树王公"用的"面猪""面羊"啦，等等，都带着浓郁的习俗色彩，是多少年来的田园民俗文化在一种小小乡土食品上的沉淀与凝结。

作者用轻松、亲切、浅显和风趣的语调，细致地描绘着这些淳朴的风俗人情，娓娓动听地讲述着发生在乡土一角的那些日常生活故事，使我们在获得一些新鲜有趣的乡土知识的同时，也真切地感到了他对自己的乡土、乡亲的热爱与理解，感到了他对那种单纯、宁静和古朴的乡村文明的留恋与赞美。这时候，作者的所有琐碎的记忆与感受，其实都已经超越了狭隘的个人色彩，而变成了一代甚至几代人对于一种也许即将远去或消逝的乡村文明的留恋与追忆。它们是一代代乡土上的孩子的共同记忆，是一道具有永恒意味的梦想的风景。

当然，作者所着力刻画、全面展示的，是阿公的形象。在这位老阿公身上，充分体现了中国劳动人民的那些传统美德：勤劳、正直、善良、达观、讲究诚信、乐善好施、仁爱为本、助人为乐，等等。或者可以说，正是这些闪光的传统美德，才是阿公的红龟店真正的魅力所在。它们贯穿在阿公六十多年生意的每一个细节当中，使最小的生活叶片也散发着人情的芬芳，使一个小小的红龟店散发着无限的亲和力。这种人情的芬芳传播在古老安静的乡土上，为四周的乡邻所发现、所称道。作为回报，他们把朴素的敬爱之心献给了小小红龟店的主人。

从这个意义上讲，郑宗弦先生的童年是比许多孩子都要幸福的。人情怡怡的乡土习俗，阿公的精湛手艺和诸多美德，是他从童年时代起就开始接受的最好的馈赠。阿公的红龟店成了他了解乡土、热爱乡土、感知人生和学习做人的最初的和最好的教室与课堂。因此，当他在阿公的红龟店中长大，当他也经历了无数的世态炎凉和风雨世事之后,再回首童年,他才能拥有这样深刻的感受:"那殷红灿烂的红龟粑和纯青的炉火,深深刻入我的眼眸和心田,常常在午夜梦回时,侵入我的脑海中,反复翻搅。已经过世多年的阿公和乡下淳朴的人情令人怀念……"而那花色多样的红龟粑,那凝结着人与人之间相互的祝福、蕴含着传统乡村民俗之美的美味食品所留给他的美好记忆,他也多么想与今天的小朋友们来分享啊!

《阿公的红龟店》就是这样一本与我们分享作者甜美记忆的书。

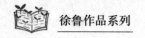

永远的小布头

　　有一个小朋友，名字叫苹苹。苹苹得到了一个小布娃娃，名字叫小布头。小布娃娃干吗要叫"小布头"呢？这……你看了就知道啦！……小布头想做一个勇敢的孩子。有一回，他从酱油瓶上跳下来……干吗要从酱油瓶上跳下来呢？这……你看了也会知道的。……

　　在 20 世纪 50 年代出生的那一代人中，不知道小布头的几乎很少。现在，这一代人都已经进入中年或老年了。当他们回忆起童年和少年时代值得记忆的读物时，也许会不约而同地说，还看过一本有趣的童话书，书名叫《小布头奇遇记》。

　　《小布头奇遇记》是童话作家孙幼军的处女作和成名作，也是中国当代儿童文学史上的一本名著。这本书是在 1961 年 12 月由中国少年儿童出版社出版的，迄今已经印刷过二十多次，发行几十万册了。当时，中央人民广播电台还在"小喇叭"节目里连播了这部童话，使得小布头真正是家喻户晓了。

　　小布头从问世到现在，已经五十多年了。五十多年来，正直、勇敢、虚心、机灵和乐于助人的小布头,不仅生活在一代人的心中,而且也走进了中国当代儿童文学形象的画廊与史册之中,他的生命将会无限久远。

就像如今许多深入人心的玩具和卡通形象如芭比、樱桃小丸子、史努比、皮卡丘、小熊维尼、叮当等一样,小布头也拥有无数的粉丝。孙幼军先生在为这本书写的"新版后记"里,给我们讲过好几位"小布头迷"的故事,从中可见小布头的人缘之好。

有一次,孙幼军到饭店去会见一位日本翻译家,不慎把外套丢在大厅里了。他回去找外套时,一位保安问他来做什么,孙幼军便告诉他是因为一本书而来到这里。保安好奇地打听是什么书,孙幼军如实告诉了他。原本还满脸严肃的保安一听,顿时高兴得手舞足蹈起来:"呀!《小布头奇遇记》我小时候看过的!"

接着他就兴高采烈地告诉作家他当初是如何买了这本书,被同学借走了不归还,他又多么着急。

作家要找外套,他说:"怎么能让您亲自找呢!您给我们写了小布头,我怎么着也得替您找到呀!"

他把作家安排在一个房间的沙发上休息,自己楼上楼下地开始找了……

还有一次,孙幼军去中国儿童电影制片厂开会,有个电影学院的研究生听说《小布头奇遇记》的作者在场,激动得不得了。这个学生当晚就赶回家,连夜缝制了一个小布头,第二天送给了孙幼军。小布头的口袋里还装着一个小本子,她说那是小布头的"户口簿",上面写着小布头的出生年月、地址、籍贯等。

　　另有一次,孙幼军在一家医院里看护生病的母亲,有位平时不苟言笑的女医生获知他就是《小布头奇遇记》的作者,立刻一反常态,快活得像个小姑娘似的,对着作家说个不停:"天哪! 那是您写的呀! 我十岁时就看了,可好玩儿啦! "

　　女医生仿佛一下子又回到了天真的童年时代。

　　《小布头奇遇记》的问世也是中国儿童读物编辑出版史上的一个奇迹、一段佳话。

　　当时,孙幼军只是一个业余作者,一位真正的儿童文学创作新人。他的小布头初稿被一家出版社退回了。在他几乎失去信心之时,他又把稿子寄给了中国少年儿童出版社。他只想请求编辑们看一看,提点儿意见,对于出版并不抱多大希望。幸运的是,稿子转到了担任该社副社长的著名作家叶至善先生手上。

　　叶先生不愧是"开明"出身的编辑家和出版家,他慧眼识珠,一下子就看出了小布头身上的奇光异彩。为了验证一下自己的眼光,他把稿子带回家,让正在读五年级的女儿小沫先看一遍。结果小女孩拿起稿子就放不下了,一篇 10 万字的童话,她几乎是一口气看完的。还有什么比小孩子的着迷更有说服力的呢?

　　于是,这位编辑家便开始对书稿的文字进行必要的加工;经过仔细考虑,又选定了一位优秀的儿童读物插图画家、著名连环画《小虎子》的作者沈培先生,来为小布头做插图;甚至还让小学生叶小沫参与进来,挑选出她认为是最好看的插图来。

　　不久,这本童话书漂漂亮亮地出版了,深受当时的小孩和家长们欢迎,甚至连幼儿园的小娃娃也喜欢坐在"小喇叭"旁边收听这个有趣的童话故事。

叶至善先生对小布头极端负责，还请自己的父亲叶圣陶先生出马，为《小布头奇遇记》写了一篇评介文章，分析这本童话好在哪儿，为什么会让小孩子喜欢。叶至善后来回忆说，小布头的问世，也是他编辑出版生涯中的一次"奇遇"。"为《小布头奇遇记》，我们一家三代都尽了力，在出版史上不知有没有类似的先例。"他说。

在小布头之后，作家孙幼军又为孩子们写了几十本新的童话故事书，其中代表性的如《铁头飞侠传》《怪老头儿》《唏哩呼噜历险记》《贝贝流浪记》等。1990 年，他荣获国际青少年读物联盟（IBBY）授予的世界儿童文学最高奖"安徒生奖"（也被称为"小诺贝尔奖"）提名。

小布头已经五十多岁，小布头的"老爸"也有八十多岁啦！时光虽然流逝得飞快，但书比人长寿，一本好书留给人们的记忆将是深刻而久远的。

思想猫的故事

嘘,小声点,思想猫来了……

瞧,她迈着优雅的猫步,转动着钻石般亮晶晶的眼睛,美丽、轻捷、迷人;仿佛含着一丝微笑,却又有点儿不动声色,像一位美貌的公主,又像一位智慧的皇后。不,也许她更像司考特笔下的"神秘的美神"。

是哪个狂妄自负的家伙说过,人类一思想,上帝就会发笑?不!思想猫一思想,我就不敢笑了。这是因为,一看见思想猫在思想,我就立刻想到了比利时那首著名的民谣,里面有两段猫的独白:

别期望我当你的奴隶,因为我渴望自由。不要刺探我的深沉秘密,因为我酷爱神秘。不要滥情的抚摸,我偏好含蓄的表达。不要让我难堪,我有强烈的自尊。

不要,我央求你,不要抛弃我,我对你是绝对的忠诚。我会回馈你对我的爱,因为我懂得真正的付出。

　　你想,面对内心世界如此丰富的一只会思想的猫,谁还敢糊里糊涂、草率随便地游戏人间,而不严肃地思考人生,正视生命?

　　哦,请原谅! 我这么说,似乎又过于严肃了。我是想说,思想猫,她是我们大家的一位知心朋友。唯其拥有"思想",所以才更迷人;而她那善良、温婉的猫性,也正是使我们能够亲近她的前提。

　　细算一下,离《思想猫》初版的问世,已有十多年了。当年读过《思想猫》第一个版本的那一茬小读者,现在也都已经大学毕业了吧? 不是吗? 当年那个躲在妈妈的写作间门外,悄悄地学着猫叫的五年级小男生——顽皮豆豆谢君韬,如今也已经长成高高的男子汉了。而像我这样的《思想猫》初版的老读者,现在当然是更老了,不仅白发增多了,就连牙齿好像也一颗颗变得松动了。时光过得真快! 它不也是迈着小猫一样轻柔的脚步,悄无声息地游走的吗?

　　值得欣慰的是,书比人长寿。一本好书,总有力量穿越岁月的风尘,跨过时光的废墟,更加持久地流传下去,并且总是挺括舒朗,在一代代读者的心灵中散发出不朽而雅洁的气息。

　　《思想猫》就是这样一本使我们感到欣慰和常读常新的好书。当初作者在扉页上题写了这样一句献辞,想必许多读者还记得:

　　　　我想把这本书送给那只爱吃含羞草的小老鼠。

　　现在,如果让我来猜猜看十多年后小老鼠的心中会有什么样的感受,我的回答将是现成的,那就是诗人波特莱尔的一句诗:

177

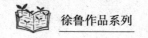

我的脑海里游走着一只美丽的猫，健康、甜美又迷人。

这正是一本好书连同它的作者所能留给读者们的持久的精神魅力。

这本书在作者的写作历程中还囊括着两个"第一"：第一次为儿童写作散文；第一个每周一次的、固定的"纯创作"专栏。

作者也曾经这样比喻："我本来是一个种田的农人，种了十五年的田（指她已经在成人世界里勤奋笔耕了十五年），已经有了收成，也开始懂得季节的变化和种田的诀窍。没想到，命运之神把我带到另一块土地上（指她由一位专为成人写作的作家转而成为《民生报》儿童版的主编），告诉我说：'你可以不必再种田了，现在请你改种果树。'"

从她种下的第一棵果树，即《思想猫》这本书开始，十几年过去了，事实已经证明，这个人不仅很会种田，是个"种田能手"，果树栽培得也很不错，堪称"果树专家"。而且我们已经看到，这十几年来，她专心致志地陆续为儿童写下了《思想猫游英国》《长着翅膀游英国》《班长下台》《美丽眼睛看世界》《二郎桥那个野丫头》《金鱼之舞》《马丘比丘组曲》等新书。可以说，她的果园已经获得了大面积的丰收，金色的、甜蜜的果实结满了她日日倾心修整的枝头。

那么，究竟是一种什么样的原动力令她如此勤奋耕种，让果树成林，使果园飘香的呢？

可以找出的原因有很多。不过我觉得她有一段自白似乎最能说明问题。她说："'孩子是我的上帝。'哲人如是说。于是我们倾其所能，为上帝奉献真诚美善、智慧仁慈、道德勇气……唯其如此，上帝才不与撒旦同谋。"原来，一切都源于她对真善美的追求。而她所说的"美"即"善"。她说："我追求美，是因为美之为美，根本在'善'。走进生命的殿堂，我们要用'善'来完成。"

这表现在她的书中，那就是，翻开《思想猫》里的任何一篇，我们都能感觉到一种善良和细致的成长关爱之心，感到一些仁爱与祈望。当然，还有一些智慧、一些道德正义与勇气……

告诉亲爱的孩子们，当一个人来到这个广阔而复杂的世界上，该怎样去面对你周围的人，比方说亲人、朋友、同学乃至素不相识的陌生人，该怎样去处理可能遇到的事情，怎样去克服自身的一些弱点，比方说偏见、懈怠、不守信，等等，从而让自己的人格、形象逐渐地走向成熟和完美，更好、更自由、更愉快地度过生活中的每一天……这，该是作者创作《思想猫》这本书时最初的、最善良的心愿吧？

不过请你放心，思想猫的这些善良的"思想"都不是以训诫和教导者的口吻说出来的，而是融合在对自己那些真实和有趣的经历的叙述之中。她把这些经历讲述得生动有致，使你想不听下去都不行。我前面说过的，她不仅很会种田，果树栽培得也很不错，当然就包含了她很善于为孩子们讲故事这一层意思。

如若不信，请翻开第一篇《和火车赛跑》，先睹为快吧。你看思想猫少年时的举动有多么风雅和浪漫：不仅常常和火车赛跑，而且一到周六，就会准备一袋彩色的碎片藏在书包里，下了课，挑一班人少的火车跳上去；当火车飞驰时，她就迎风伏在车窗前，把彩色的碎片

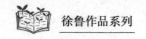

一把把扬手撒去。这样,她就可以在飞驰的火车上欣赏到自己创作的满天飞逝的花雨……

再如《宝宝好福气》这一篇,写亲爱的妈妈如何把一只顽皮的小拉萨狗当作心肝宝贝一样抚养。时间长了,小思想猫自然就有了自己的"思想":"看见妈妈这样无微不至地照顾宝宝,我就在想,妈妈也是这样把我们养大的吧?"还有那位慈祥的爸爸,他一生节俭,从不乱花一分钱,可是为了满足两个可爱的女儿喜欢收集彩色糖纸的愿望,竟也买来许多糖吃,把满口的牙齿都吃蛀了,变成一口假牙。我相信,凡是读过《思想猫》的人,都会为弥漫在书中的这些恰恰亲情和拳拳爱心所感染,从而不能不去热爱人生,珍惜生命,拥抱这个世界。

好了,我不可以再这样喋喋不休了。我的任务只是站在尚未拉开帷幕的台前,为思想猫报幕。现在,铃声响了,且让我为你们拉开幕布,请欣赏思想猫的节目吧。不过有一点仍然提请大家注意,当书中的某些细节使你觉得十分好笑的时候,你最好忍住不要发笑。如果你能够做出一副思想状,当然更好,因为这正是思想猫所希望的。

一朵花能不能不开放

所有的孩子都要长大的，只有一个例外。

英国作家詹姆斯·巴里的童话名著《彼得·潘》是这样开头的。他所说的这个"例外"，是指他笔下的那个不愿长大也永远长不大的孩子彼得·潘——一个穿着用干树叶和树浆做成的衣裳的可爱的"小飞侠"。作家创造了这个家喻户晓的形象，意在说明人类有着周而复始、永存不灭的童年，以及伴随着永恒童年的绵延不绝的母爱。然而，半人半仙的彼得·潘可以永远停留在满口乳牙的孩童时代，但生活在现实世界里的温迪姐弟们却没法不长大。

快乐无忧的童年会终止，这固然很不幸，但这是生生不息的人类进化的必由之路，也是大千世界的希望所在。

成长，是上天赋予每一个孩童的权利。所谓生命的力量、人的力量，其实就是生长的力量。就像所有的花蕾都会在自己的季节里开放，孩子们总要长大的。他们也应该长大。世界也需要他们长大。

只有一代又一代的孩子成长了，我们这个并不那么完美的世界才有向着相对完美的方向转动的可能。因为，只有一代又一代的孩

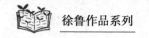

子长大了,他们才有能力去亲近、去改造和完善这个世界。

谁长大了,谁才有可能成为这个世界的主人,正如谁升起,谁就可能是太阳。

然而,成长是痛苦的,长大不容易。每个人的成长过程,都是在为争取和保卫自己的天赋权利与生存空间而进行抗争的一场圣役;同时也是不断地战胜自己,无情地否定和超越自身的过程。

就像春笋,必须奋力钻出坚硬的地面,爆开层层裹缚自己的笋衣,然后才能长成一株株挺秀的绿竹;就像蛹,必须亲口咬破自己织成的精致茧壳,然后才能成为一只凌空飞舞的彩蝶。

实际上,在我们每个人出生之前,艰难的成长就已经开始了。

挣脱脐带的缠绕与束缚,突破妈妈狭窄的子宫,逃离那座温柔的小房子,然后哇哇大哭着来到这个世界,该是每个人向世人显示生命成长的第一步。

即使是一只树熊的成长,和每一个小孩子的成长又有什么两样呢?——在它成为一只真正的、独立的树熊之前,它也必须首先战胜自己!

战胜自己对妈妈的那个温暖、舒适的肚袋的依恋与眷顾之心;战胜自己对外部世界的恐惧心理;还要战胜对自己走向世界的能力的犹豫与怀疑……

其次,它还必须学会和拥有独立应对生活变故、保护自己的生存权利和生存空间的能力——遇到任何危险,例如当狐狸追来了,它不仅能够自我救助,而且能够救助其他弱者。

即使是在孤立无援的时候,例如在远离了妈妈的地方,它也能够来去自如、自立于世,成为整个世界的主人……

只有这时候,人们才能由衷地说出这样一句话来:

"孩子,你长大了! 你终于成为一只真正的树熊了!"

帮助那些胆怯的、不愿长大的孩子找到和拥有成长的勇气、信心与力量,这是每一位家长、每一个成年人神圣的职责。

不然,我们就有可能成为孩子成长之初的某种恐惧、障碍和阴影——尤其是当我们对正在成长的孩子的某些胆怯的举止有所奚落、伤害甚至惩罚的时候。

这个世界确实并没有像它应有的那么美好。这个世界需要一代代人来改造它、重建它、完善它。所以,童话里的彼得·潘可以永远地停留在快乐无忧的孩童时代,但所有的孩子却应该长大!

孩子的生命是无限的。我们最神圣的使命就是帮助孩子们身心健康地长大!

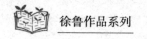
少年有梦且缤纷

　　站在我面前的这个身材略显单薄的少年名叫肖铁。在谈到自己最初是怎么爱上写作的情况时，他一再说到自己童年时代的异想天开和多愁善感。

　　他说，如果写作也需要某一种依托的话，那么他的依托就是"小时候我家楼后那一片苗圃、公园和融入其中的我的童年"。

　　"那里是我的庇护所，如陶潜的桃花源，里面有普里什文的'林中水滴'，有巴乌斯托夫斯基的'金蔷薇'。阳光是穿过树叶的点点碎金，时间懒懒地凝固在那里，记忆被切成片，在每一棵树后面眨着眼睛。红色的瓢虫在白色的花丛中和我捉迷藏，绿色的草毯仔细看竟幻化成了五色的花，风是竖琴般的柔和，云是东山魁夷式的闲适……"他说。

　　一个少年作家的个人和心灵沉积中的点点滴滴，就像保存在花园里的丁香气息一样，一旦得以开启，便不再仅仅具有狭隘的个人色彩，而变成了一种具有永恒意味的心灵叩问和生命追忆，并且带着一些新的成长的感觉，向着生命的上游游去。那时候，所有模仿、矫饰和绮丽的东西都会自然凋落，而一条用自己真实的情感和思想

184

铺垫起来的写作之路正在展开。

和所有前辈作家的童年时代相比较，肖铁这一代文学少年是极其幸运的。他们生活在一个文化精神多元纷呈、创作个性相对自由的年代里，时代本身先为他们的成长与成才提供了便利的舞台，而个人的奋斗与努力又为他们的少年才具早早地得以发扬奠定了基础。

是啊，理想和天才之花本来就有充分的理由在人生的早春里竞相怒放，为什么不早早地盛开呢？无端地推迟或缩短一个季节，不仅毫无必要，而且可能造成一种"错失"，即对于早期才具的无知与抑制，对于青春酒神的轻慢与忽略。到最后，很可能会如弗罗斯特的诗中所说："也许多少年后在某个地方，我将轻声叹息着将往事回顾：一片树林里分出两条路，而我选择了人迹更少的一条，从此决定了我一生的道路。"

这样的"错失"，中外文化史上已留下不少。

当然，与此同时，我们也看到了许多作家如雪莱、普希金、法国诗人韩波、中国的王勃，等等，他们的少年才气早早地得以发扬，不仅以成年后的作品而且更以早年的如朝阳喷薄而出式的天才之作，光耀着不同年代的文学天空。

所以，从这个意义上说，肖铁以及他所代表的这一批少年文学俊彦，依靠各自所拥有的已具相当数量和质量的作品，早早地浮出了海面，成为中国文坛上最年轻的一代创作力量，这是值得整个文坛欣慰的事情。

年轻的肖铁已经出版了长篇小说《转校生》和短篇小说、散文、读书随笔、诗歌等文体的合集《成长的感觉》这两部个人作品；另有一部他和他的父亲肖复兴合著的《我教儿子学作文》，其中有一半篇幅收录的是肖铁从小学到高二时期的各类作文和文学习作。

我有幸阅读了肖铁少年时代的几乎全部作品。使我惊讶的是，刚满十八岁的肖铁，从四岁起就在父亲的悉心指导下写观察日记，竟用了十三四年的时间，严格而认真地完成了他的"文学准备"，而且完成得这么扎实、这么出色。

从《成长的感觉》中我看到，他在这个文学准备期里尝试了诗歌、散文、游记、小说、读书笔记、评论、日记、书信和杂文等多种文学形式。他对外界事物的灵敏的感觉，他的独立思考和判断能力，他驾驭语言文字的才能，等等，都在这从未停止过的文学练习中得以磨砺并变得丰沛和有力了。

《成长的感觉》是一个当代少年的成长历程自述，也是他向未来世界发布的"成长宣言"，是一部融入了痛苦与欢乐、烦恼与快慰、忧伤与美丽的心灵画卷。

读过肖铁的《西北散记》《少年读书》以及《时间》《宽容》《空白》这几辑文章后，我的一个直接的感觉就是：一个人文笔的精彩与老练，其实与他的年龄关系并不太大。天生的才情加上后天的训练有素和锲而不舍，有可能使短短的时间也具有重量。正如巴乌斯托夫斯基所言："只要有朝一日给予你内心世界以自由，并且给它打开一切闸门，你就会突然大吃一惊地发现，在你的意识里，关着远远多于你所预料的思想、感情和诗的力量。"